LIEKE MARSMAN

DAS GEGENTEIL EINES MENSCHEN

Roman

Aus dem Niederländischen von Christiane Burkhardt und Stefanie Ochel

KLETT-COTTA

Diese Publikation wurde durch die Niederländische Stiftung für Literatur gefördert.

Nederlands letterenfonds
dutch foundation for literature

MIX
Papier aus verantwortungsvollen Quellen
FSC® C014496
FSC
www.fsc.org

Klett-Cotta
www.klett-cotta.de
Die Originalausgabe erschien unter dem Titel
»Het tegenovergestelde van een mens«
im Verlag Atlas Contact, Amsterdam

Cover: ANZINGER UND RASP Kommunikation GmbH, München
unter Verwendung einer Abbildung von © Rocío Montoya Doblas
Gesetzt von C.H.Beck.Media.Solutions, Nördlingen
Gedruckt und gebunden von GGP Media GmbH, Pößneck
ISBN 978-3-608-96591-9
E-Book ISBN 978-3-608-11922-0

EIN MORGEN

dieser morgen
der eine bedrohliche zeitlosigkeit
ausstrahlt
so als müsste man erfahren
dass dieser sommer seit 1986
derselbe ist
so als könnte man länger als eine sekunde
auf etwas zeigen
dieses licht
das aus der vergangenheit zu kommen scheint
als ob dort jemand mit einem spiegel steht
und es zu uns zurückwirft, licht
und dann derselbe spiegel
der ungeschickt versucht
das licht festzuhalten
doch es läuft davon, licht
wegen dem was es heißt
ein spiegel zu sein
so wie zwei menschen
die sich eines morgens verlassen
wegen dem was es heißt
zwei menschen zu sein
man könnte natürlich einen weiteren spiegel

gegenüberstellen
um es zurückzuwerfen, licht
um sie aufzuhalten, mensch
aber dieses unendliche zurückweichen:
spiegel und spiegel
mensch und mensch

DRINNEN BLEIBEN

1.

Als Kind stellte ich mir gern vor, ich wäre eine Gurke. Abends lag ich mit den Armen eng am Körper unter meiner Dinosaurierdecke und versuchte, mal kerzengerade, mal mit leicht angezogenen Beinen, die Form meines Lieblingsgemüses anzunehmen. *Bin eine Gurke, bin eine Gurke, bin eine Gurke,* flüsterte ich meinem achtjährigen Ich zu, bis mir aufging, dass Gurken nicht flüstern können. Also sagte ich das Mantra nur noch still im Kopf auf, bis mir wieder einfiel, dass innere Rede auch nicht funktioniert. In aller Regel war ich da aber schon in einen tiefen, süßen Schlaf gefallen. Damals war Achtsamkeit übrigens noch kein Begriff und auch Meditieren war etwas so Exotisches, dass die meisten Menschen schon beim Gedanken daran in Panik verfielen.

Ich wohnte mit meinen Eltern und meinem Bruder Carl in einem Neubaugebiet am Rande einer mittelgroßen Provinzstadt. Die Häuser in unserer Straße waren aus weißem, mit hellgrauem Zement verfugtem Backstein. Fenster- und Türrahmen hatten die meisten Anwohner in Blau, Gelb oder Rot gestrichen: Primärfarben, die sich grell vom Weiß der Steine abhoben. Es war eine kinderreiche Gegend, darum durften die Autos nur dreißig fahren. Wenn die Familienkutschen auf dem Weg zur Schule oder zur Arbeit vorbeirollten, wirkten sie wie schwerfällige Tiere: grasende Bisons in einer Steppe aus geraden Bordsteinkanten und Basketballplätzen. Nur abends hörte man manchmal ein Auto beschleunigen, ganz selten auch mal einen Motorroller.

Von ihrem Urlaubsgeld kauften sich die Leute aus unserer Straße einen neuen Sonnenschirm oder einen neuen Kärcher. Oder eben eine Reise. Wie wir machten die meisten Nachbarn Urlaub im eigenen Land, im Bungalowpark in der Veluwe oder auf einem Campingplatz an der Nordseeküste, aber ab und zu bog Ende August auch mal ein Wohnwagen mit einer sonnengebräunten Familie in die Straße ein, der samt Faltpavillon drei Wochen auf einer spanischen Wiese gestanden hatte. Sie sollte dann beim alljährlichen Nachbarschaftsgrillen am ersten Septemberwochenende für Aufsehen sorgen.

Mein Zimmer maß nur acht Quadratmeter, dafür gehörte es mir ganz allein. Darin standen ein Bett, eine kleine dunkelgrüne Kommode und ein Ikea-Schreibtisch. Weil ich in meinen Mitschüler P. verliebt war, hatte ich seinen Namen in den Schreibtisch geritzt (auf der Rückseite, wo ihn nie jemand lesen würde). Als Kleinkind hatte ich auf einer bunten Tupfentapete bestanden, die aussah wie ein endloser Konfettiregen, und so war neben der Gurkenfantasie das Abpiddeln von Tapetenfetzen mein zweites Einschlafritual.

Sich vorzustellen, wie es ist, ein Ding zu sein, ein Gemüse, eine Gurke – etwas, was zwar wächst, aber nicht fühlt, stellt das Empathievermögen auf die härteste Probe. Meist verstehen wir unter Empathie: nachfühlen, was ein anderer fühlt. Aber sich in etwas einzufühlen, was keine Gefühle hat – das erfordert, *gar nichts* zu fühlen. Und damit meine ich nicht, dass man eine Weile von Alltagsemotionen verschont bleibt, sondern dass einem jedes Fühlen unmöglich geworden ist.

Oft hält man den Moment, in dem ein Kind merkt, dass sich etwas an ihm verändert, für den Moment, in dem es sich seiner Identität bewusst wird. Für mich jedoch war der Moment, in dem ich begriff, dass ich *nichts und niemand anders* sein konnte, derjenige, in dem ich mich erstmals einer kritischen Inspektion unterzog. Wenn man niemand anders sein kann, muss man wenigstens dafür sorgen, möglichst man selbst zu sein. Schon möglich, dass diese Art Nabelschau ein Ausdruck von Narzissmus ist, sie könnte aber genauso gut ein Ausdruck von Bescheidenheit sein. Schließlich ist man selbst der einzige Gegenstand, über den man eine gewisse Autorität hat. Jedwede Äußerung zu einem anderen Thema wäre in diesem Fall reine Anmaßung.

Das Ergebnis meiner Inspektion, notiert in einem kleinen Heft, lautete wie folgt:

Ida, 8 Jahre
Schwarze Haare
1 m 28,5 cm
Wird einmal Professorin oder Direktorin
Große Muttermale an der linken Hüfte und der linken Schulter
Eine große Narbe am rechten Arm (Stacheldraht)
Eltern: 2

Bruder: Carl, 12 Jahre
Hobbys: Lesen, Zeichnen
Held: Donald Duck
Lieblingsgemüse: Gurke

Inzwischen würde das Ergebnis einer ähnlichen Überprüfung wie folgt lauten:

Ida, 29 Jahre
Schwarze Haare, erster Graustich
1,76 m
Wird vorerst weder Professorin noch Direktorin
Sondern Klimatologin
Arbeitslos, aber egal
Große Muttermale an linker Hüfte und linker Schulter sowie viele kleine über den ganzen Körper verteilt
Eine Tätowierung (seitlich am Brustkorb)
Eine große Narbe am rechten Arm (Stacheldraht), eine große Narbe am linken Knie, ziemlich viele kleine Narben
Hobby: Lesen
Heldin: Naomi Klein
Lieblingsgemüse: Brokkoli

2.

»Wann geht's denn endlich los?«, frage ich.

»Keine Ahnung.«

»Es hätte schon vor einer Viertelstunde anfangen sollen.«

»Vielleicht hat jemand einen Blackout.«

»Oder einen Herzinfarkt.«

»Warte, ich glaube, das Licht wird gedimmt.«

Die Frau auf dem Platz neben mir habe ich vor einer Woche auf dem Geburtstag unseres gemeinsamen Freunds Steven kennengelernt, der dafür berüchtigt ist, sich überall Geld zu leihen und es nie oder aber in Form von Dingen zurückzugeben, um die man nie gebeten hat. Als er mich in sein Schlafzimmer mitnahm, um mir ein uraltes Badminton-Set zu zeigen – er schuldete mir noch achtzig Euro –, sah ich sie zum ersten Mal. Sie stand in der Küchentür, ganz allein, aber nicht so, dass sie Mitleid erregt hätte: eine zierliche, gut aussehende Frau in Jeans, eine Hand in die Seite gestemmt. Sie sah mir direkt in die Augen. Es dauerte einen Moment, bis ich merkte, dass Steven an meinem Ärmel zerrte und über die Musik hinweg meinen Namen brüllte.

Den weiteren Abend über war ich mir ihrer Anwesenheit schmerzlich bewusst. Zum Glück nahm dieses Bewusstsein im selben Maße ab, wie die von mir konsumierte Alkoholmenge zunahm, sodass ich es gegen ein, zwei Uhr dann doch noch wagte, sie anzusprechen. Sie stellte sich als Robin vor. Sie war zweiunddreißig, lebte erst seit Kurzem in Amsterdam und promovierte über den italienischen Schriftsteller Giacomo Leopardi. Nach einer Anekdote über sein unglückliches Liebesleben (»Die Liebe seines Lebens hat ihm einen Korb gegeben, weil er so gestunken hat!«) bat ich sie mithilfe einer lahmen Überleitung, die sich auf mein eigenes unglückliches Liebesleben bezog (»Aber ich stinke nicht, soweit ich weiß.«) um ein Date.

Und jetzt sitzen wir hier, in diesem großen Theatersaal, in dem die Beleuchtung soeben gedimmt wurde. Ab und zu berühren sich unsere Oberschenkel, die Aufführung von Michel Houellebecqs *Elementarteilchen* kann jeden Moment beginnen. Im letzten bisschen Licht tun wir so, als vertieften wir uns in den Flyer, der uns an der Tür in die Hand gedrückt wurde. Demnächst findet im kleinen Saal ein asiatischer Filmnachmittag statt, lese ich. Ich nehme einen zu großen Schluck Bier und muss husten.

Der Vorhang geht auf, laute House-Musik ertönt. Ein Mann mittleren Alters betritt langsam die Bühne und ruft der Frau, die ungefähr zehn Meter hinter ihm geht, etwas zu. Sie hat die gleiche schwarze Kurzhaarfrisur wie Robin. Ich blinzle mehrmals, weil irgendwo ein Spot angeht.

Ab und zu gelingt es mir, mich von den Dialogen und Monologen der Schauspieler mitreißen zu lassen, doch vor allem nach der Pause schweife ich gedanklich ab. Mir geht der Artikel über Atombomben, den ich am Nachmittag gelesen habe, einfach nicht aus dem Kopf. Ein Blitz, heißt es. Ein

Blitz, und wenn man Glück hat, hört man anschließend noch ein Donnern wie bei einem Gewitter, aber die meisten dürften das schon nicht mehr mitbekommen. Vor wenigen Wochen habe ich mein Studium der Geowissenschaften abgeschlossen und heute Morgen im Sekretariat mein Diplom abgeholt – endlich kann ich wieder selbst bestimmen, womit ich mich beschäftigen will. Und aus irgendeinem Grund fiel meine erste Wahl auf Nuklearkatastrophen.

Die Schauspieler machen eine letzte tiefe Verbeugung. Robin nimmt meine Hand und fragt, wie ich die Vorstellung fand.

Im Theater wäre der Blitz nicht zu sehen auch wenn ich mir da nicht ganz sicher bin, schließlich soll er mindestens tausend Mal so hell sein wie ein Gewitterblitz, und wer weiß, vielleicht steht ja irgendwo eine Tür offen.

»Gut«, sage ich. »Richtig gut. Der Schauspieler mit den langen Haaren hat mich echt berührt.«

Ich lächle der Garderobenfrau zu und reiche ihr meine Nummer. Der Codename des Flugzeugs, das die Hiroshima-Bombe abwarf, lautete *dimples*, sprich Lachgrübchen. Bei unseren Fahrrädern verabschieden wir uns. Ich verspreche Robin, sie bald anzurufen. Dann beugt sie sich zu mir und küsst mich flüchtig auf den Mund.

Zu Hause rufe ich den Teletext auf, um zu gucken, ob es irgendwelche *Big News* gibt. In diesem Fall ist der gesamte obere Teil der Seite einem einzigen Thema gewidmet oder eine Schlagzeile in Großbuchstaben geschrieben. *Big News* kann alles Mögliche sein, aber wenn man es über Teletext erfahren muss, darf man wenigstens davon ausgehen, dass es sich nicht in nächster Nähe ereignet hat. Heute drehen sich die wichtigsten Nachrichten um die Tarifverhandlungen, die schon länger in einer Sackgasse stecken, und um einen Brand in der Altstadt von Zwolle. Ich drücke den Teletext weg und lande bei einem Fußballspiel, gerade bekommt ein Verteidiger wegen eines missglückten Tacklings die Rote Karte. Seine Mitspieler sind sauer, aber dann schießen sie völlig unerwartet doch noch das entscheidende Tor. Der Stürmer, der getroffen hat, ist außer sich vor Freude und zieht sein Trikot aus, wofür auch er eine Karte bekommt.

Neben Hunger, Durst und Lust auf Sex ist auf den unbeirrbaren Rhythmus der Sportsendungen am meisten Verlass: Was auch passiert, es gibt jeden Tag Sport. Sollte nächsten Dienstag eine Atombombe über China abgeworfen werden, würden die europäischen Ligen am Wochenende darauf ganz normal weiterspielen – mit Trauerflor am Arm.

3.

Ich habe ein paar Semester Politologie studiert, weshalb ich den Klimawandel anfangs vor allem aus politisch-philosophischer Sicht interessant fand. Wie lässt sich ein Problem wie die Erderwärmung, das eine langfristige Lösung erfordert, mit der Kurzsichtigkeit der politisch Verantwortlichen vereinbaren? Selbst wenn sich die ganze Welt einig wäre, dass etwas gegen den Klimawandel unternommen werden muss, will keine Regierung die erste oder einzige sein, die sich durch Umweltschutzmaßnahmen zusätzliche Kosten aufbürdet. *Ein echtes Gefangenendilemma*, so das Fazit fast jeder Vorlesung.

Irgendwann hingen mir all die theoretischen Texte zum Hals raus. Auf dem Papier klangen die Analysen und Lösungen, die sich die Politologen ausdachten, großartig, aber in der Praxis – na ja, von Praxis konnte keine Rede sein. Ich fragte mich, inwiefern sich die Regierenden auch nur ansatzweise von dem wahnsinnigen Papierausstoß beeindrucken ließen, der Jahr für Jahr von der Fakultät produziert wurde, beantwortete die Frage mit »gar nicht« und beschloss, in einen Studiengang zu wechseln, von dem ich mir mehr Realitätsbezug erhoffte. Daher schrieb ich mich im letzten Jahr meines Bachelorstudiums für *Future Planet*

Studies als Nebenfach ein, verbrachte dann ein Jahr damit, meine naturwissenschaftlichen und mathematischen Kenntnisse aufzufrischen, und bekam schließlich einen Platz im Masterstudiengang Geowissenschaften. Statt mit Politik konnte ich mich jetzt mit dem beschäftigen, wovon politische Entscheidungen gelenkt werden: Daten.

Zu Beginn dieses Studiums stieß ich auf Naomi Kleins Buch *Die Entscheidung: Kapitalismus vs. Klima* (ein Buch, das für mich tatsächlich einiges entschied). Laut Klein hat die Forschung gezeigt, dass die Bereitschaft, an die Existenz des Klimawandels zu glauben, von der Lösung abhängt, die man für das Problem vorschlägt. Liberal-Konservative sind beispielsweise durchaus bereit zu glauben, dass der Mensch das Klima beeinflusst, wenn man den Bau weiterer Atomkraftwerke als Ausweg empfiehlt. Wohingegen eine Verringerung der CO_2-Emissionen durch den Umstieg auf Wind- und Sonnenenergie ihre Klimaskepsis eher noch vergrößert. Man könnte also sagen, dass die Politik tatsächlich häufig von Daten gelenkt wird, aber erst, nachdem politische Entscheidungsträger die Daten gelenkt haben.

Nach unserem ersten Date sehen Robin und ich uns regelmäßig, schon bald übernachten wir auch unter der Woche beieinander. Während sie immer mehr Stress mit ihrer Doktorarbeit hat, habe ich das erste Mal seit Jahren kaum etwas zu tun. Aus reiner Langeweile räume ich stundenlang die Wohnung auf. Ich fange sogar an, meine Socken und Unterhosen zu bügeln. Immerhin war mein wissenschaftlicher Betreuer hellauf begeistert von meiner Abschlussarbeit: Der Einfluss von Fracking auf die Deichqualität in Noord-Holland ist seiner Meinung nach ein hochaktuelles Thema.

In einem Interview mit der Unizeitung erkläre ich, dass viele Konzerne mit hohen CO_2-Emissionen nach wie vor staatlich gefördert werden, darunter Ölfirmen und Massentierhaltungsbetriebe. Weltweit werden jährlich mehr als fünftausend *Milliarden* Dollar an Fördergeldern in fossile Brennstoffe investiert. Gleichzeitig sehen sich viele grüne Unternehmen mit einer deregulierten Wirtschaft konfrontiert, die, wenn es ihr gerade nutzt, plötzlich doch großen Wert auf Regeln zu legen scheint. Davon, dass das so gar nicht zur neoliberalen Der-Markt-wird's-schon-richten-Logik passt, die all diese Firmen befürworten, redet niemand.

Neben dem Interview befindet sich ein großes Foto von mir, mit dem mich meine Freunde gern aufziehen, weil ich so übertrieben ernst in die Kamera schaue.

»Meine kleine Intellektuelle«, sagt Robin, während sie die Seiten vorsichtig aus der Zeitung reißt und an ihre Pinnwand hängt. Ich habe vor, den Rest meines Lebens mit ihr zu verbringen, traue mich aber noch nicht, es ihr zu sagen.

4.

Mit etwa elf Jahren war ich von Dingen regelrecht besessen. Dinge, das wusste ich, sagten nie etwas Gemeines. Dass sie auch nichts Nettes oder Lustiges sagten, nahm ich dabei in Kauf. Deshalb sammelte ich alles Mögliche: Teelöffel, Füller, Milchkännchen, Murmeln. An Gurken dachte ich nicht mehr, aber manchmal stellte ich mir vor, ein Tisch zu sein. Dafür musste ich mich nicht großartig anstrengen: Ich fühlte mich so plump und unbeweglich wie der schwere Eichenholz-Esstisch, der bei unseren calvinistischen Nachbarn im Wohnzimmer stand. Sonntagmorgens versammelte sich die ganze Familie vor dem Haus auf dem Bürgersteig. Von meinem Fenster aus konnte ich sie genau beobachten. Sie wirkten vornehm mit ihren schwarzen Hüten und langen Röcken. Vor dem Küchenfenster hingen weiße Spitzengardinen. Ich stellte mir vor, was diese Leute wohl sahen, wenn sie mir auf der Straße begegneten. Einen riesigen Tisch vermutlich, der auf winzigen Rädern langsam vorbeirollte. Vielleicht hatte ich ja sogar eine Decke. Eine Häkeldecke, die mich am Rücken kitzelte.

5.

Da ich ohne jede Weltanschauung oder Religion aufgewachsen bin (dafür mit jeder Menge Prinzipien beziehungsweise strengen Eltern, nur dass es nichts gab, was diese Prinzipien erklärte), in einer Stadt, die nicht unbedingt uninteressant war, aber dafür außergewöhnlich *uninteressiert,* habe ich keine Muttersprache, was den Sinn des Lebens angeht, keinen roten Faden, an dem ich mich entlanghangeln könnte. Seitdem ist für mich jede Ideologie, die mir unterkommt, ein bisschen so wie das Wetter: heute ziemlich entscheidend für meine täglichen Aktivitäten (meist ein Grund, zu Hause zu bleiben), morgen egal. Ich bin hin- und hergerissen zwischen dem Wunsch, einen aktiveren Beitrag zur Gesellschaft zu leisten, und dem, diese Gesellschaft völlig auszublenden. Mein Kompromiss sieht so aus, dass ich vor allem viel über die Gesellschaft lese. Ganz allein an meinem Schreibtisch überfliege ich Dutzende Websites, schaue auf YouTube eine Doku nach der anderen, lese Diskussionen im WikiLeaks-Forum und teile auf Facebook Memes, in denen Trumps Gesicht mit roher Hühnerbrust verglichen wird.

Meine Abschlussarbeit wurde in zwei Online-Datenbanken aufgenommen. Nach dem Einloggen kann ich sehen, dass der Text im letzten Monat von niemandem angeklickt wurde (meine eigenen Aufrufe werden automatisch aus der Besucherstatistik herausgerechnet). Von meinem Prof habe ich schon seit Wochen nichts mehr gehört. Wenn ich in meinem Fachgebiet weiterkommen will, muss ich neue Erfahrungen sammeln, neue Kontakte knüpfen. Inzwischen hat die Hälfte derer, die mit mir den Abschluss gemacht haben, eine Stelle bei Shell angetreten.

Ich bewundere, wie Robin mit ihren Ambitionen hausieren geht: als wäre es bereits beschlossene Sache, dass sie in ungefähr vier Jahren zu den führenden Wissenschaftlerinnen ihres Fachs gehört. Und dann hockt sie auch noch in diversen Ausschüssen und Aktionskomitees, wobei sie die meisten Aufgaben locker wegdelegiert.

6.

Als ich mal wieder im Internet surfe, stoße ich auf ein dreimonatiges Praktikum bei einem Institut, das den Klimawandel in den Alpen erforscht. Bei dem Projekt geht es um den Abriss eines Staudamms in Norditalien, unweit der Grenze zur Schweiz. Der Damm ist in die Jahre gekommen und produziert zu wenig Energie, als dass die hohen Unterhaltskosten noch tragbar wären. Außerdem behindern Dämme die Strömung von Flüssen, wodurch die Wassertemperatur steigt und die Wasserqualität sinkt. Sie blockieren den Transport von Sedimenten und Nährstoffen und verhindern die Fischwanderung. Lachse pflanzen sich normalerweise am Ort ihrer Geburt fort, was jedes Jahr aufs Neue für ein beeindruckendes Schauspiel sorgt: Tausende Lachse, die zur Paarungszeit zappelnd flussaufwärts ziehen ... bis sie auf einen Damm stoßen. Dennoch betrachten wir Staudämme als Erzeuger von Naturstrom. Aber kann man überhaupt noch von Natur sprechen, nachdem diese vom Menschen manipuliert wurde? Ich lese, dass man durch das Aussetzen von Zuchttieren versucht hat, die Lachspopulation im Fluss konstant zu halten. Mit der Folge, dass der Wildlachs in dieser Region innerhalb von drei Jahren ausgestorben ist.

In letzter Zeit geht mir die Vorhersehbarkeit meines Lebens immer mehr auf die Nerven. Meine Stadt, meine Straße, meine Wohnung zeichnen sich nur noch durch das aus, was sie nicht sind, nämlich alle anderen Orte dieser Welt. Obwohl ich ungern verreise, beschließe ich, mich für das Projekt in Italien zu bewerben. Am nächsten Tag bekomme ich eine Mail von einer Frau, die sich als meine Praktikumsanleiterin vorstellt. Mitte August kann ich anfangen.

7.

Was Staudämme angeht, ist Italien vor allem für die großen Katastrophen bekannt, die sich dort ereignet haben. Der Bruch der Gleno-Talsperre im Jahr 1923: 365 Tote. Die Sella-Zerbino-Staumauer, 1935: 111 Tote. Val di Stava, 1985: 268 Tote. Der Erdrutsch von Vajont 1963: über 2000 Tote. In kurzen Videoclips von Dammexplosionen und -brüchen sehe ich Wasser, das noch am ehesten an Staubwolken erinnert: Schlammmassen fliegen in alle Richtungen, als wären sie leicht wie Luft.

Die Alpen, die Berge, das Dunkelgrün der Nadelbäume in der Ferne – schon mein ganzes Leben bilden sie die Kulisse für meine konfusen holländischen Gedanken: Immer, wenn ich von der Landschaft hier enttäuscht bin, liegt es daran, dass ich sie unbewusst mit der österreichischen, deutschen oder Schweizer Landschaft vergleiche. Ich erinnere mich an ein Referat in der Sechsten, für das ich in der Bücherei Abbildungen von seltener Alpenflora herausgesucht hatte, um sie einer Klasse stuhlwippender Altersgenossen zu präsentieren, und spüre erneut den alljährlichen Frust, wenn mein Vater Ende Mai verkündete, dass wir wieder mal Urlaub im eigenen Land machen würden. Besonders fasziniert war ich von Deutschland und Österreich. Ich mochte die düsteren deutschen Wälder, Schauplätze meiner Lieblingsmärchen, die *gutbürgerliche Küche*, die bei uns zu Hause einmal wöchentlich in Form von Schnitzel mit Bratkartoffeln auf den Tisch kam, und die deutsche Sprache. Dass die Alpen sich bis nach Italien erstrecken, war mir lange Zeit unbekannt, doch jetzt kommt es mir sehr gelegen.

Die Elf-Uhr-Nachrichten zeigen eine Ansprache der britischen Premierministerin. *Ich bin stets zu Kompromissen bereit, allerdings nicht bei jedem Thema*, sagt sie. Nachrichten haben eine entspannende Wirkung: Das beste Mittel gegen Beunruhigung ist noch mehr Beunruhigung. Ich lasse mich immer weiter zurücksinken, die Arme vor der Brust verschränkt, die Hände um die Oberarme gelegt. Unter dem offenen Fenster heult ein Motor auf, Lärm erfüllt den Raum. In der Wissenschaftsrubrik der BBC-Webseite lese ich, dass man nicht träumen kann, wenn man weniger als zehn Minuten schläft. Ich schlafe sechs Minuten und träume von Robin.

8.

Am Abend des neunten Oktober 1963 löste sich kurz vor dreiundzwanzig Uhr eine Flanke des Monte Toc und rutschte in den Vajont-Stausee. Der Felsbrocken hatte ein Volumen von achtzig Millionen Litern, im Stausee befanden sich damals einhundertzwanzig Milliarden Liter Wasser – nicht umsonst war der Vajont-Damm eine der größten Talsperren Europas. Die Geröllawine verursachte eine gigantische Flutwelle, die, wie über eine Schanze, über die Staumauer hinwegschwappte. Zwar hielt der Damm, aber das Wasser ergoss sich rasend schnell ins Tal. Aufgrund der steilen Hänge büßte es auf seinem Weg kaum an Kraft ein. Es riss Bäume, Felsbrocken, Tiere mit sich, und als es bewohntes Gebiet erreichte, auch Dächer, Mauern, Autos und Menschen.

Wenn sich derartige Wassermassen mit solcher Wucht fortbewegen, schieben sie Unmengen Luft vor sich her. Die Luft, die in dieser Nacht verdrängt wurde, soll sogar die Druckwelle der Hiroshima-Bombe übertroffen haben. Sie fegte die Bewohner der umliegenden Dörfer davon, noch bevor das Wasser sie erreicht hatte. Manche Menschen fielen erst mehrere Hundert Meter entfernt wieder zu Boden. Einige Leichen waren nackt – der Luftdruck hatte ihnen die Kleider vom Leib gerissen. Andere wurden nie gefunden.

9.

Wenn ich nicht gerade mit dem Sammeln von Gegenständen oder mit meinen Edelweißbildern beschäftigt war, half ich meiner Mutter manchmal in der Küche. Während ich mit Kinderfingern Bohnen pulte oder Kartoffeln putzte und sie sich einer komplexeren Aufgabe widmete, sprachen wir über unseren Tag. Im Hintergrund lief das Kofferradio meines Vaters, das immer auf der Fensterbank stand, mein Vater selbst zog sich bis zur Essenszeit in sein Arbeitszimmer zurück. Im ehemaligen Jugoslawien tobte ein Krieg, Woche für Woche berichteten Journalisten über Massenmorde und -vergewaltigungen. Eines Tages sagte meine Mutter, der Mensch sei durch und durch schlecht, dann hieb sie eine Möhre entzwei.

Der Satz machte großen Eindruck auf mich: Wenn der Mensch schlecht war und ich gut sein wollte, musste ich irgendwie zusehen, dass ich das Gegenteil eines Menschen war. Anfangs verfolgte ich dieses Ziel vor allem, indem ich übte, so viel wie möglich auf den Händen zu laufen. Im Sandkasten der Schule buddelte ich ein Loch, von dem ich hoffte, es wäre irgendwann tief genug, um einen Blick auf Neuseeland zu erhaschen. Später, im Vorfeld einer langen, verzweifelten Pubertät, ging ich es gründlicher an, mal indem ich mir tagelanges Schweigen verordnete, obwohl ich am liebsten zu allem meine Meinung gesagt hätte, mal indem ich pausenlos davon redete, wie glücklich ich sei und wie schön ich alles fände, während ich in Wahrheit tieftraurig oder zumindest chronisch genervt war, dass es mich überhaupt gab – von Pickeln und anderen Jugendwidrigkeiten einmal ganz zu schweigen. Am Ende der Grundschulzeit versuchte ich sogar ab und zu, als Junge durchs Leben zu gehen. Beim Sport zog ich mich zwar nach wie vor bei den Mädchen um, aber mein Gang war strammer, und abends vor dem Schlafen klemmte ich mir ein selbst gebasteltes Glied zwischen die Beine. Bis meine Männlichkeit eines Morgens in drei Teilen neben meinem Bett lag.

10.

Das Atraḫasis-Epos, einer der ältesten schriftlich erhaltenen Mythen, erzählt vom Gott Enlil, der nachts nicht schlafen kann, weil die Menschen auf der Erde so viel Lärm machen. In der Hoffnung, weniger Menschen würden auch weniger Krach verursachen, schickt er ihnen Dürre und Hungersnot, aber das Getöse hält an. Enlil weiß sich keinen anderen Rat, als den Euphrat über die Ufer treten zu lassen, um dem Lärm ein für alle Mal ein Ende zu setzen. Alle sterben – bis auf den Helden Atraḫasis und seine Familie, die sich auf einer selbst gebauten Arche aus Schilf mit einigen Tieren in die Zukunft retten, wo sie über tausend Jahre später für die Geschichte von Noah und der Sintflut Modell stehen werden. Im Alten Testament straft Gott die Menschen, weil sie schlecht sind, nicht weil sie zu viel Lärm machen – wobei man sich durchaus fragen kann, wo da eigentlich der Unterschied ist.

»Menschen sind nicht nur schlecht, sie sind auch lieb«, sagt Robin. Sie befürchtet, mein wachsendes Interesse an der Klimakrise könnte mich verbittern. »Menschen besuchen einander, wenn der andere krank ist, sie bauen sich gegenseitig auf, wenn sie traurig sind, machen sich tagelang lächerlich, weil ihr Lieblingspulli hinten einen Zahnpastafleck hat. Wenn sie sich eine Freude machen wollen, bringen sie Kuchen mit. Und sie wollen sich andauernd eine Freude machen. Schlechte Wesen tun so was nicht.«

11.

Meine Eltern haben sich in den Sechzigerjahren bei einem Studentenprotest kennengelernt.

»Sie hat sich als einzige Frau getraut, ganz vorn mitzulaufen. Und die sind damals mit Panzern angerückt!«, erzählt mein Vater. »Da wusste ich: Mit der Frau kann man jeden Krieg gewinnen.« Wenn ich mir Fotos von damals anschaue, sehe ich eine Frau, die kaum Ähnlichkeit mit mir hat: Sie ist schlanker, muskulöser und kämpferischer. Auf einigen Bildern steht mein Vater neben ihr, einen Kopf größer als sie und mit demselben spröden schwarzen Haar wie ich.

Jetzt, wo sie in Rente ist, bereist meine Mutter die ganze Welt: die Kanarischen Inseln, Thailand, per Schiff die Mosel runter ..., während mein Vater, ebenfalls Rentner, zu Hause bleibt, um Garten und Hund (Binkie) zu versorgen. Er reist nicht gern, ja, hasst es sogar. So richtig entspannen kann er sich nur im Rauchersessel seines Arbeitszimmers – keine Luxussuite, kein noch so tropischer Strand kann mit diesem Sessel mithalten. Zu meinem Bruder Carl habe ich kaum Kontakt, und wenn, dann telefonisch. Er lebt mit seiner Freundin Marjolein im Norden des Landes und ist Manager einer Dessert-Firma. Sie versuchen schon seit Jahren, ein Kind zu bekommen, aber noch hat es nicht geklappt. An Weihnachten habe ich ihn das letzte Mal gesehen, da hat er eine riesige Fertig-Schokobombe mitgebracht, die unsere kleinen Cousins, Zwillinge, über und über mit Zuckersternen beklebt haben.

12.

Robin sitzt auf dem Sofa und liest Zeitung, der Bademantel, den sie gerade anhat, ist viel zu groß für ihre zierliche Figur. Ich erzähle ihr, dass meine Mutter eine Ibiza-Reise buchen möchte. *Ibiza*, rufe ich, *was für ein Klischee!* Robin schweigt. Ihre Mutter ist anderthalb Jahre, bevor wir uns kennenlernten, an Krebs gestorben. Sie redet nicht gern darüber, und ich traue mich kaum, sie danach zu fragen.

Mir ist klar, dass ich mit meiner Liebe niemals gegen Robins Trauer ankommen werde, manchmal ist Trauer größer als jede Liebe, weshalb ich, wenn wir ausnahmsweise doch über ihre Mutter sprechen, ohne Punkt und Komma rede, um zu verhindern, dass sie etwas sagen kann, was mich in Verlegenheit bringt oder mir das Gefühl gibt, sie zu enttäuschen. Manchmal male ich mir aus, wir hätten uns zwei Jahre früher kennengelernt, sodass ich ihr am Sterbebett ihrer Mutter ein Halt und eine Zuflucht hätte sein können. Ich mag es, von ihr gebraucht zu werden. Daher male ich mir auch manchmal aus, dass ihr Vater ebenfalls stirbt oder im Sterben liegt; dann würde ich für die ganze Familie groß aufkochen, für all ihre Freunde und Bekannten. Danach fühle ich mich erstmal gut, anschließend bekomme ich ein schlechtes Gewissen.

FALLS ROBIN DOCH ÜBER IHRE MUTTER SPRECHEN SOLLTE:

»Von Hinterbliebenen hört man oft: *Erst habe ich mich schlichtweg geweigert, es zu glauben, und dachte: Marjan kommt jeden Moment wieder ins Zimmer. Dann fällt mir ein, dass sie diese Woche bei ihrer Schwester in London ist oder etwas in der Art – so als wäre ich diejenige mit dem Gehirntumor. Hallo, mein Schatz, da bin ich wieder, wird sie sagen. Holst du mir schnell den Koffer aus dem Taxi?*

Aber ich glaube nicht, dass meine Mutter noch lebt, und auch nicht, dass sie zurückkommt. Trotzdem warte ich seit zwei Jahren auf sie.

Und wenn ich sage, dass ich seit zwei Jahren auf sie warte, meine ich nicht, dass zwei Jahre vergangen sind, in denen ich ab und zu, ›unbestimmt‹ auf sie gewartet habe, so wie man vielleicht in einem verregneten Frühling auf besseres Wetter wartet oder am Ende der Weihnachtsferien anfängt, auf die Sommerferien zu warten. Ich meine damit, dass ich warte, wie man auf ein wichtiges Telefonat wartet. Wie im Wartezimmer beim Arzt. Wie auf einen Hund, der ein geworfenes Stöckchen apportieren soll: Warten als einzige Tätigkeit – tagein, tagaus.«

13.

Als Robin am nächsten Morgen um acht Uhr aus dem Haus geht, mache ich das Bett und spüle die Frühstücksbrettchen. Die auf der Arbeitsfläche liegen gebliebenen Käserinden verströmen einen unangenehmen Geruch. Um zu verhindern, dass ich mich gleich nach dem Abwasch wieder ins Bett lege, ziehe ich mir Schuhe an und spritze mir minutenlang kaltes Wasser ins Gesicht.

Gegen Ende des Vormittags ziehe ich die Haustür hinter mir zu und radle zu meiner Therapeutin, von Robins Wohnung aus ist das eine knapp halbstündige Fahrt. Die Therapeutin heißt Sandra, und ich bin schon seit fast einem Jahr bei ihr. Nachdem ich wegen einer Krankheit, die ich offenbar gar nicht hatte, innerhalb eines Monats vier Mal beim Hausarzt war, überwies der mich an eine Psychologin.

»Hatten Sie wieder wahnhafte Gedanken?« Sandra stellt mir einen Kaffee auf den Couchtisch, der den Raum in ihre und meine Hälfte trennt. Die gläserne Tischplatte funkelt grell in der Sonne. Als ich zum ersten Mal überall versteckte Kameras wähnte, bekam ich gerade Brüste und warf meinen Eltern vor, mich heimlich unter der Dusche zu filmen. Außerdem war ich fest davon überzeugt, dass mir die Popstars von den Postern über meinem Bett abends beim Ausziehen zusahen. Um die Kameraaufnahmen zu ruinieren, zeigte ich immer wieder den Stinkefinger. *Glaubt bloß nicht, ich merk das nicht.* Inzwischen weiß ich, dass es diese Kameras nur in meinem Kopf gibt, stelle mir aber immer noch vor, dass sich die Leute hinter meinem Rücken überlegen, wie sie mich am besten lächerlich machen können. Ich erzähle ihr, dass ich Robin manchmal verdächtige, den Schlüssel zu meiner Wohnung nachgemacht zu haben, damit sie dort irgendwann, wenn ich nicht da bin, mit einer anderen Sex in meinem Bett haben kann. Oder dass sie, was nicht ganz so dramatisch ist, nur behauptet, mich gut zu finden, damit sie mich auslachen kann, wenn ich ihr dasselbe sage.

»Nun«, meint die Therapeutin, während sie mit einem Kuli etwas in ihr Notizbuch schreibt, »vielleicht sollten Sie sich ein bisschen weniger wichtig nehmen.«

Irgendwo habe ich mal gelesen, dass Menschen sich selbst nur selten in Grautönen beschreiben – während wir den anderen durchaus ständig das zähe Grau der Masse zuschreiben. Macht jemand anders einen Fehler, verstärkt das nur sein Mittelmaß. Lässt hingegen die eigene Leistung zu wünschen übrig, hält man sich sofort für den absoluten Versager. Auch eine Art, sich wichtig zu nehmen.

Ich gehe die zwei Treppen nach unten und ziehe die schwere Eichentür der Praxis auf. Draußen herrscht sengende Hitze. Zwei Touristen essen ein Crocque Monsieur an den Bistrotischen vor dem Fahrradständer. Über ihnen wirbeln Birkenblätter durch die Luft, wenn die beiden nicht aufpassen, haben sie gleich Laub im Gruyère kleben.

14.

»Es ist schon verrückt, dass der Spaß am Alkohol nie aufhört«, sage ich lachend zu Robin, als wir gerade am x-ten Kneipentresen Platz nehmen. Mein Ellbogen landet in einer Bierpfütze. »Eigentlich bin ich doch geistig ziemlich fit; selbst richtig gute Filme kann ich höchstens drei, vier Mal gucken, weil sie irgendwann vorhersehbar werden, was alle Spannung und damit auch allen Spaß zunichtemacht. Aber beim Alkohol, und zum Teil auch beim Sex, lässt die Spannung nie nach, obwohl ich auch da ganz genau weiß, was kommt.«

Ein junger Mann in einem kitschigen Wolfs-T-Shirt betritt die Kneipe. Er schaut sich um und geht dann schnell zum Tisch hinten rechts, an dem eine junge Frau mutterseelenallein vor einem Glas Weißwein sitzt. Sie wirkt erleichtert, als sie ihn sieht.

Das T-Shirt lässt mich an das große Wolfsrudel denken, das in dem verlassenen Gebiet rund um Tschernobyl lebt: Es gibt dort heute mehr Wölfe, als wenn ihr Wald keine nukleare Sperrzone wäre. Nicht weil ihnen die Radioaktivität nichts anhaben könnte, sondern weil es anscheinend immer noch besser ist, schwere Missbildungen beim Nachwuchs zu riskieren, als in der Nähe des Menschen zu leben.

»Wusstest du, dass es in den Niederlanden Initiativen gibt, die den Wolf wieder bei uns ansiedeln wollen?«, frage ich Robin und zeige auf das T-Shirt des Typen. »Ich hoffe sehr, dass es klappt.«

15.

An diesem Abend haben wir zum ersten Mal Streit. Betrunken falle ich Wildfremden um den Hals und erzähle ihnen, dass ich für ein wichtiges Klimaprojekt in Italien arbeiten werde. Robin flüstert mir ins Ohr, dass ich mich lächerlich aufführe. Sie geht und beginnt ein Gespräch mit dem Wolf-Typen, der ihr keine Minute später ein Bier ausgibt.

Aus der Ferne beobachte ich sie. Er lacht laut über etwas, das sie gesagt hat, während Robin wild gestikuliert. Die Kneipe ist voll, die Leute quatschen und tanzen ausgelassen. Meine Schuhsohle bleibt an einem Kaugummi kleben. Ich sacke innerlich zusammen. Der Typ sieht viel besser aus als ich.

Ich gehe zu ihnen und knalle mein Glas auf den Tresen. Ich ziehe an Robins Arm und brülle über die Musik hinweg, ob sie da etwa flirte. Erstaunt schaut sie mich an.

»Jetzt hör mir mal gut zu, Ida«, sagt sie, während sie auf den Typen zeigt, der sich von uns abgewandt hat, um den Barmann etwas zu fragen. »Ich steh auf Frauen.«

Ich will mich verteidigen, aber mir fehlen die Argumente. Also knalle ich mein Glas nach einem großen Schluck Bier einfach noch mal auf den Tresen. Es kippt um, die beiden Männer neben uns springen fluchend von ihren Barhockern auf.

»Tschuldigung«, lalle ich. »Das wollte ich nicht.«

»Vielleicht sind wir einfach zu verschieden«, seufzt Robin und schüttelt mich ab. Noch ehe ich sie fragen kann, was genau sie damit meint, ist sie schon auf dem Weg zur Garderobe.

16.

Die Klotür ist über und über mit Liebeserklärungen bekritzelt. Sarah und Boy, Nadja und Jennifer, Cees und Kees, María und Leroy. Nach ungefähr zehn Minuten klopft jemand gegen die Tür.

»Wird das heute noch was?«

Die Frau, die das sagt, scheint meilenweit weg zu sein, obwohl sie in Wahrheit keinen halben Meter von mir entfernt ist. Der Boden vor dem Klo ist nass, Fetzen von Tamponfolie treiben in einer Pfütze. Ich drücke die Spülung und lasse den Wasserhahn über dem kleinen Becken mehrere Sekunden laufen, um so zu tun, als würde ich mir die Hände waschen, anschließend öffne ich die Tür. Als ich die Kneipe wieder betrete, muss ich feststellen, dass Robin tatsächlich gegangen ist.

Im Nachtbus nach Hause sitze ich hinter einem Mann mit Glatze, sein Kopf ragt nur knapp über die Lehne hinaus, die nachwachsenden Stoppeln sind dick. Wie sich das wohl anfühlt? Ich finde es wirklich schade, dass es in meinem direkten Umfeld niemanden mit Glatze oder Millimeterfrisur gibt, niemanden, den ich, ohne mich allzu sehr zu genieren, fragen könnte, ob ich ihm mal mit der Hand über den Kopf streichen darf. Wie Sandpapier stelle ich mir die dicken, dunklen Stoppeln vor – eine Kopfhaut, mit der man Tischplatten abschleifen könnte.

Ja, wir sind verschieden, murmle ich, aber ist das nicht genau der Grund, warum wir uns füreinander entschieden haben? Eben *weil* wir nicht mit jemandem zusammen sein wollen, der so ist wie wir?

Der Mond scheint hell. Am Horizont haben sich große, kugelförmige Gewitterwolken gebildet, eine sieht aus wie ein Champignon. Ich stelle mir vor, dass die dritte Atombombe soeben auf einen Vorort von Amsterdam gefallen ist. Mit jedem Atemzug atme ich mehr Scham ein.

Ich versuche, mir meine Freundinnen vor Robin in Erinnerung zu rufen. Es gelingt mir nicht besonders gut. Die Frisuren, Nasen und Münder, die vor meinem inneren Auge auftauchen, könnten von jeder beliebigen Frau sein. Das Seltsame an früheren Beziehungen ist, dass alles, was sie einem je bedeutet haben, im Nachhinein beliebig zu sein scheint, dabei weiß man ganz genau, dass man von der Notwendigkeit dieser Beziehungen schier überwältigt war. Ganz kurz, für ein paar Monate oder Jahre, tritt jemand in den Vordergrund, um anschließend wieder in der Masse unterzugehen – einer Masse, zu der man aus Sicht der anderen natürlich genauso gehört.

DER UNTERSCHIED

Der Unterschied = die Differenz = die Gewinnmarge: das, was übrig bleibt, nachdem du das, was du verloren hast, von dem abziehst, was du verdient hast. Manchmal gibt es keinen Unterschied zwischen verlieren, was du verdient hast, und verdienen, was du verloren hast

Der Unterschied zwischen zwei Gegenpolen ist logisch betrachtet das, was an den Gegenpolen ungleich ist, aber nicht gegensätzlich, also praktisch alles

Der Unterschied ist, dass ich deine Mutter bin und selbst bestimmen darf, wie spät ich ins Bett gehe. Und jetzt husch nach oben, du kleiner Frechdachs

Der Unterschied ist, dass du dich an manchen Tagen mehr anstrengst als an anderen, was keinen Unterschied ausmacht

Der Unterschied = die Differenz = eine Zahl, die nicht einmal durch sich selbst teilbar ist. Teilte man sie dennoch, käme immer mehr als eins heraus. Nein, weniger

Der Unterschied wächst auf Bäumen, die sich nicht ähneln, und auf Feldern, die verschieden hoch liegen

Der Unterschied zwischen zwei Menschen existiert

Der Unterschied wird durch die Zeit vorgegeben. Gäbe es sie nicht, fiele alles in einem Schwarzen Loch zusammen

Der Unterschied ist, dass er seine Hausaufgaben schon gemacht hat und jetzt im Garten Brombeeren pflücken darf, genau wie du, würdest du dich ein bisschen mehr anstrengen

Der Unterschied ist, dass du mit dem arbeitest, was da ist. Indem du einen Teil von dem, was da ist, zurückweist, hast du das Gefühl, Einfluss zu nehmen

Der Unterschied ist, dass du lieber etwas Heldenhaftes tun würdest

Der Unterschied verwischt

Der Unterschied zwischen deinen Beinen ist dein Geschlecht, es ist deins und auch wieder nicht, und unersättlich

Der Unterschied lässt sich in dem Gesicht ablesen, in das du einen ganzen Nachtmittag lang andächtig geschaut hast

Der Unterschied lässt sich mithilfe zweier Erdplatten visualisieren, die rasend schnell auseinanderdriften

Der Unterschied lässt sich nicht ungeschehen machen

Der Unterschied steht auf einem anderen Blatt

Der Unterschied ist vor weißem Hintergrund am besten zu erkennen

Der Unterschied ist, dass er sich manchmal vor schwarzem Hintergrund zeigt

Der Unterschied ist, dass ich zum Pinsel gegriffen und mit einer anderen Farbe drübergemalt habe

Der Unterschied ist, dass du im Vordergrund stehst

17.

Kann man mit jemandem reden wollen, ohne mit der Person reden zu müssen? Kaum zu Hause, mache ich den Fernseher an und zappe zu MTV. Ein etwas rundlicher, pickliger junger Mann möchte sein Leben umkrempeln und aus dem Nichts Quarterback seines Highschool-Footballteams werden. MTV schickt ihm einen Personal Trainer, und er macht rasch Fortschritte.

Auf meinem Nachttisch liegt schon seit Tagen ein kleiner weißer Band, den Robin mir geschenkt hat, ein Theatertext von Marguerite Duras. Ich greife danach und beginne zu lesen. In dem Stück *Die Krankheit Tod*, das keine sechzig Seiten umfasst, besucht ein namenloser Mann wiederholt eine ebenfalls namenlose Frau, die er für Sex bezahlt. Laut der Frau ist er nicht in der Lage, eine richtige Beziehung einzugehen. Er leide an einer Krankheit, sagt sie, an der Krankheit, nicht lieben zu können.

Ich lege das Buch weg und schalte Fernseher und Handy aus.

Fakt ist: Ich versuche, Menschen an mich zu binden, indem ich ihnen ein schlechtes Gewissen mache.

18.

»Freud wüsste sich bestimmt Rat mit Ihnen«, sagt die Therapeutin, als ich ihr ein paar Tage später von meinem Eifersuchtsanfall erzähle.

»Freud ist überholt«, erwidere ich.

Sie geht zum Fenster und zieht die Vorhänge beiseite, um frische Luft hereinzulassen. Auf ihrem Schreibtisch liegt ein Müsliriegel, sie greift danach und nimmt einen Bissen.

»Kann sein, aber ich habe Sie so was schon öfter sagen hören. Woher kommt das?«

»Ich habe nicht die geringste Ahnung«, antworte ich. Der Kaffee, den Sandra mir angeboten hat, ist bitter und viel zu stark, ich weiß jetzt schon, dass ich den Rest des Tages aufgedreht sein werde.

»Haben Sie sich schon mal gefragt, ob Sie Ihre sexuelle Orientierung vielleicht unbewusst doch nicht ganz akzeptieren?«

Ich muss wieder an das Theaterstück von Marguerite Duras denken. Laut Robin ist eine Interpretation des Stückes, dass Duras darin ihre Homophobie auslebt. Der Mann ist nicht imstande, die Frau zu lieben, weil er schwul ist. Das klingt erst mal überzeugend und nicht unbedingt homophob, würde Duras diesen Mann nicht als krank bezeichnen. Laut

Duras wird in Beziehungen zwischen Männern und Frauen mehr an die Fantasie appelliert als in gleichgeschlechtlichen Beziehungen, weshalb erstere wertvoller sind. Ich schließe die Augen. Habe ich ein Problem mit meiner sexuellen Orientierung? Vor irgendetwas habe ich Angst, aber meiner Meinung nach eher nicht vor meiner Sexualität. Robin zuliebe könnte ich meine größten Ängste überwinden, wenn sie für mich das Gleiche täte, aber vielleicht ist ja meine größte Angst die, dass Letzteres nie geschehen wird. Trotzdem muss ich zugeben, dass ich mich manchmal für meine sexuelle Orientierung schäme.

»Sehen Sie, dem sollten Sie unbedingt auf den Grund gehen«, fährt Sandra fort, weil ich nichts darauf erwidere. »Denken Sie in den nächsten Wochen mal darüber nach.«

SICH HINAUSWAGEN

Werde ich nach meiner sexuellen Orientierung gefragt, antworte ich manchmal immer noch, dass ich durchaus auch auf Männer stehe, ich schließe nichts aus, wer weiß, und um dem Nachdruck zu verleihen, erzähle ich die Anekdote von meinem Freund aus Grundschulzeiten, in den ich so verliebt war, dass ich nichts mehr essen konnte, woraufhin ich unsere Initialen in einer schlaflosen Nacht voller Hochzeitsfantasien in meinen Kinderschreibtisch ritzte. Und jedes Mal frage ich mich: Warum erzähle ich das überhaupt? Es ist eine Art Lüge. Ich berufe mich zwar auf ein Ereignis, das wirklich stattgefunden hat, aber indem ich ihm mehr Bedeutung beimesse, als ihm zukommt, wird eine Lüge daraus.

Meine einmalige *Verknalltheit* in einen damals Elfjährigen ist über achtzehn Jahre her, und dennoch klammere ich mich in solchen Momenten daran, weil ich weiß, dass mich sonst manche Frauen seltsam finden, aber vor allem, dass manche Männer das Interesse verlieren, sobald sie begreifen: Ich und ein Mann, da wird nichts draus. Mir geht es dabei nicht um sexuelles Interesse, nichts könnte mir gleichgültiger sein, sondern um ein Interesse, das davon abhängt, ob man gern mehr für jemanden wäre oder eben nicht (in anderen Momenten ist es übrigens eher ein

Selbstschutzmechanismus*). Solange man eine Beziehung zu einem Mann nicht ausschließt, solange man den Zufall eine Rolle spielen lässt (»Ich würde durchaus auch ...«), ist es okay, lesbische Beziehungen zu haben. Denn dann ist man noch nicht komplett verloren für die Männerwelt.

In dem Essay *Compulsory Heterosexuality and Lesbian Existence* (*Zwangsheterosexualität und lesbische Existenz*) der amerikanischen Lyrikerin und Essayistin Adrienne Rich – vermutlich der bekannteste Essay über das Lesbischsein überhaupt – stieß ich auf eine Erklärung für dieses Verhalten. Rich schreibt, dass Männer (#NotAllMen) mitnichten aus allen möglichen freudschen Gründen Angst vor Frauen haben, sondern in Wahrheit fürchten, sie könnten Frauen vollkommen gleichgültig sein, wodurch ihnen der körperliche und emotionale – also ökonomische – Zugang zu Frauen ausschließlich zu Frauenbedingungen offenstünde, was sie zu bloßen Randfiguren machen würde.

Worauf es mir hier ankommt, ist die Formulierung *körperliche und emotionale – also ökonomische*. In einer kapitalistischen Gesellschaft hat derjenige, der etwas verkaufen möchte, über die Konsumentenbedürfnisse und -wünsche Zugang zum potenziellen Konsumenten. In einer Gesellschaft, die nicht nur kapitalistisch, sondern auch heteronormativ ist, ist es nur logisch, dass Nicht-Heteros zunächst außen vor bleiben. Die eigene Homosexualität zu leugnen oder herunterzuspielen, bedeutet in diesem Kontext, sich

* Als mein Fahrlehrer – der jedes Mal, wenn wir auf ein verlassenes Industriegelände einbogen, Andeutungen fallenließ, was wir dort außer Autofahren noch so alles anstellen könnten – wissen wollte, ob ich einen Freund habe, sagte ich Ja.

nicht außerhalb der Gesellschaft zu verorten. Heterosexualität ist die Norm, nicht nur im Bett, sondern auch im Fernsehen, in der Wirtschaft, in der Werbung, auf der Straße und in der Politik – ansonsten gilt: Männer sind die Norm. Zu sagen, dass man lesbisch ist, bedeutet, sich nicht nur aus der Heterowelt, sondern auch aus *a man's world* zu verabschieden.

Jetzt kann man einwenden, dass Adrienne Rich das 1980 geschrieben hat, und seitdem ist so einiges passiert. Lesben- und Schwulenkneipen sind längst nicht mehr automatisch Underground, Serien wie *The L Word* und *Orange is the New Black* hatten großen Erfolg, und die Gay-Pride-Paraden, die jedes Jahr in unzähligen Großstädten der westlichen Welt stattfinden, ziehen ein riesiges Publikum an. Inzwischen gelten auch Schwule und Lesben als prima Zielgruppen.

In gewisser Weise lässt sich Homosexualität sogar noch leichter ausbeuten als Heterosexualität. Einer Gruppe Heteros dürfte die sexuelle Orientierung allein nicht genügen, um sich als Kollektiv angesprochen zu fühlen. Schwule und Lesben hingegen kann man aufgrund ihrer Sexualität sehr wohl als *Gruppe* ansprechen. Ich selbst besuche beispielsweise wöchentlich Webseiten, die sich an lesbische Frauen richten, und schaue mir brav jeden Film und jede Serie mit einer lesbischen Hauptfigur an, selbst wenn mich das dazu verurteilt, mir eine mexikanische B-Soap oder einen Film über ein Thema reinzuziehen, das mich ansonsten nicht groß interessiert – Vampire zum Beispiel (aus irgendeinem Grund gibt es jede Menge Filme mit lesbischen Vampiren). Der große Unterschied zu den Siebziger- oder Achtzigerjahren, könnte man also sagen, besteht darin, dass wir es geschafft haben, zu einer Zielgruppe zu werden.

Identität funktioniert zum Teil über Kollektivität: Man sucht nach einem Kollektiv, mit dem man sich identifizieren kann, und schaut sich so einiges davon ab. Die Kehrseite der Medaille: Wird die kollektive Sichtbarkeit den Individuen, die dieses Kollektiv bilden sollen, nicht gerecht, hat man nicht besonders viel davon. Ich identifiziere mich mit einer Gruppe, die so divers ist, dass ich außer meiner sexuellen Orientierung mit ihren Mitgliedern zu neunzig Prozent nichts gemeinsam habe (das ist übrigens auch der Grund, warum der Besuch der durchschnittlichen Lesbenkneipe meist eine Enttäuschung ist: Dieselbe sexuelle Orientierung zu haben, ist eben noch lange keine Garantie für ein gutes Gespräch). Eines der vielen Vorurteile über Homosexuelle besagt, sie hätten noch mehr Angst vor »dem Anderen« als die meisten Menschen. Deshalb trauten sie sich angeblich nicht, sich auf jemanden vom anderen Geschlecht einzulassen. Wer aber Angst vor »dem Anderen« hat, hat in der queeren Community (die deutlich heterogener ist als die einer Fußballkneipe an einem Samstagnachmittag) nichts verloren.

Es gibt immer noch jede Menge Stereotype über Lesben und Schwule (die Motorradlesbe, der tuntige Musicalfan), weshalb eine größere Sichtbarkeit nicht automatisch etwas Positives ist. Wer mit Schwulen und Lesben Geld verdienen will, profitiert davon, sie als homogene Zielgruppe abzustempeln. Die *mangelnde Repräsentation* zu Beginn der Achtzigerjahre wurde durch eine *mangelhafte Repräsentation* ersetzt, die dafür sorgt, dass eine riesige Gruppe höchst unterschiedlicher Menschen über einen Kamm geschoren wird. Eine erfolgreiche Zielgruppe ist nicht automatisch auch eine erfolgreiche Gruppe.

Andererseits ist es nur logisch, dass unsere Neigungen uns verschiedenen (Ziel-)Gruppen zuordnen. Weil ich Sport mag, bin ich empfänglich für Werbung mit Serena Williams. Weil ich gern lese, suche ich Orte auf, wo ich Menschen finde, die ebenfalls gern lesen. Nur dass bei Homosexualität auch auf diesem Gebiet etwas Seltsames zu passieren scheint: Offensichtlich ist die Tatsache, dass ich Frauen liebe, dermaßen wichtig für meine Identität, dass sie selbst dann, wenn von Liebe oder Sex überhaupt nicht die Rede ist, aufs Tapet gehört. Die Sphäre von Homosexualität reicht weit über ihre eigentlichen Grenzen hinaus: Lesbischsein macht einen zur lesbischen Wissenschaftlerin/lesbischen Tochter/lesbischen Mutter/lesbischen Künstlerin/lesbischen Ministerpräsidentin/lesbischen Vampirin.

Das ist schon eigenartig. Aber bin ich denn etwa nicht lesbisch, wenn ich gerade keinen lesbischen Sex habe? Das trifft genauso wenig zu. Offensichtlich besitzt das existenzialistische Identitätsprinzip »Man ist, was man tut« beim Thema Sex keine Gültigkeit: Sex mit einem Mann zu haben, wirkt sich offenbar *nicht* auf meine sexuelle Identität aus, während andererseits sogar keinen Sex mit einer Frau zu haben, es sich aber zu wünschen, meine sexuelle Identität *begründet*. Es ist schon interessant, wie jemand, der vielleicht nur ein einziges Mal im Jahr gleichgeschlechtlichen Sex hat, für den Rest dieses Jahres dadurch definiert wird. Ein großer Teil unserer Identität wird daher im Bett bestimmt: Die Begegnungen, die dort stattfinden, seien sie nun selten oder häufig, sind wichtiger als die meisten zwischenmenschlichen Begegnungen außerhalb des Schlafzimmers.

Ich finde es natürlich großartig, dass du lesbisch bist, aber Lesben, die Sex mit einem Dildo haben? Das kapier ich einfach nicht, so mein Vater. Offensichtlich geht sexuelle Orientierung automatisch damit einher, dass man die Genitalien des Geschlechts, auf das man nicht steht, ablehnt. »Ich bin lesbisch« zu sagen ist demnach gleichbedeutend mit »Ich hasse Schwänze«, woraus manche Leute dann wieder einen Penisneid ableiten.

Aber ich hasse oder beneide niemanden und möchte auch nicht, dass die Leute das denken. Solange es solche Vorurteile noch gibt, ist es so seltsam auch wieder nicht, dass es mir manchmal schwerfällt, zu meiner sexuellen Orientierung zu stehen. Was ich unter lesbisch verstehe, ist, wie ich inzwischen weiß, nicht unbedingt das, was mein Umfeld darunter versteht, und deshalb bin ich vorsichtig. Mein Vater findet übrigens auch, dass Vegetarier keinen Fleischersatz essen sollten, der wie Fleisch aussieht, obwohl es natürlich mitnichten die Form (eine Scheibe, eine Wurst, ein Klops) ist, gegen die Vegetarier etwas haben, genauso wenig wie es nicht die Form des Penis ist, mit der ich nichts anfangen kann (Penisse und Vaginen passen von ihrer Form her ganz fantastisch zusammen). Mein Vater schlägt vor, dass Vegetarier ihre Fleischersatzprodukte in Zukunft in Würfelform auf den Tisch bringen. Soll ich mich etwa ab sofort mit einem Zauberwürfel befriedigen?

Es gibt die Angst, Homosexualität sei ansteckend, als führte allein schon die Beschäftigung mit dem Thema zu homosexuellen Gefühlen. Aber eigentlich müsste uns doch gerade das interessieren, womit wir noch keine Erfahrung haben. Ich wollte immer schon wissen, wie es ist, eine Morgenerektion zu haben, zu ejakulieren oder komisch angeschaut zu werden, wenn man weint. Und so wie ich gefragt werde: »Wie ist das eigentlich so, als Frau mit einer Frau Sex zu haben?«, würde ich gern mal etwas darüber lesen, wie es ist, als Frau mit einem Mann Sex zu haben (oder umgekehrt). Dabei geht es mir nicht um den Akt an sich, solche Literatur gibt es mehr als genug, sondern um den explizit *hetero*sexuellen Akt. Wenn Homosexualität für die Identität eines Menschen so wichtig ist, müsste für Heterosexualität doch eigentlich das Gleiche gelten, nur dass wir das gar nicht wahrnehmen, weil der heterosexuelle Identitätsanteil vollständig mit dem Hintergrund der heteronormativen Gesellschaft verschwimmt. Eine verbesserte Sichtbarkeit von *Hetero*sexualität könnte auf diese Weise sogar dazu beitragen, die Probleme mit Homosexualität offenzulegen.

Viele Homosexuelle outen sich zunächst als bi (wobei sie dadurch natürlich nicht unbedingt auf mehr Verständnis und/oder weniger Diskriminierung stoßen). Es ist eine Übergangsphase: Lieber erst mal nur bis zum Knie ins kalte Wasser gehen, bevor man ganz eintaucht, noch kann man umkehren. Ich frage mich, wie weit ich mich inzwischen hinausgewagt habe. Vermutlich wieder ein Stück weiter, indem ich das hier aufschreibe.

19.

»Dem Garten geht's gut«, sagt mein Vater am Telefon. »Große Blüten an fast allen Sträuchern, und der Rasen sieht auch toll aus, ich mach jeden Abend den Sprenger an.« Ich solle doch mal vorbeischauen, wenn ich mich beeile, könne ich die Rhododendronblüte noch miterleben.

»Ich hab keine Zeit«, lüge ich. In Wahrheit schaffe ich es schon seit Tagen nicht mehr, weiter als ein paar Stunden vorauszuplanen. Morgens schlafe ich lang, um den Rest des Tages benommen in der Wohnung herumzulaufen, woraufhin ich meist beschließe, dass »dösen« ja auch ein Tuwort ist. Zum Glück gehe ich bald nach Italien. Viele erzählen von dem »Loch«, in das sie nach dem Studium fallen, doch ich rede mir ein, ein Trampolin in dieses Loch gestellt zu haben, schließlich bin ich dank meiner Bemühungen die nächsten Monate mit Arbeit versorgt.

Am selben Abend helfe ich Robin mit den Fußnoten zu einem Text, an dem sie gerade sitzt. Zwischen uns scheint alles wieder in Ordnung zu sein. »Ich liebe die Überzeugtheit, mit der Leopardi schreibt«, sagt Robin, während sie mir eine unterstrichene Passage über den Küchentisch zuschiebt. »Die zerstreut auch bei mir alle Zweifel.«

Überall gelten die üblichen Leiden und Gebrechen der Menschen und der menschlichen Gesellschaft als spezifische lokale Besonderheiten. Ich bin noch nirgendwo gewesen, wo ich nicht zu hören bekam: Die Frauen hier sind eitel und zurückgeblieben; die Menschen hier stecken ihre Nase gern in fremde Angelegenheiten, sie tratschen und klatschen die ganze Zeit; hier kann man mit Geld, Beziehungen und Korruption alles erreichen; hier herrscht Missgunst und nach aufrichtiger Freundschaft wird man hier vergeblich suchen etc. Als wären die Dinge anderswo nicht so. Die Menschen sind zwangsläufig schlecht, wollen aber unbedingt glauben, dass sie es zufällig sind.

Wir schauen uns noch kurz die Berichterstattung über ein Tennismatch an, es ist gerade Wimbledon. Nachdem Rafael Nadal gerade Hackfleisch aus seinem australischen Gegner gemacht hat, zappt Robin zu einer Talkshow auf Nederland 2. Etwa fünfzehn Leute unterschiedlichen Alters und unterschiedlicher Herkunft sitzen im Kreis. In der Mitte steht der Moderator und wirft einen nervösen Blick auf den Stapel Karteikarten in seiner Hand.

»Die Jugend kennt keine Werte mehr«, sagt eine ältere Frau zu einem Mann um die zwanzig. Sie ist aufgestanden und schaut empört drein. Die Sendung handelt davon, wie man mehr junge Leute zum Wählen animieren könnte. Die Kamera zoomt auf den Mann, der eine zu große Basecap trägt und sichtlich nach Worten sucht. »Die sind alle apathisch und zynisch«, fährt die Frau außerhalb des Bildausschnitts fort.

Ob sie wohl mal darüber nachgedacht hat, dass Apathie auch eine Reaktion auf durchaus vorhandene Werte sein kann? Meine Apathie zum Beispiel ist die Reaktion darauf, wie die Generation meiner Eltern uns die Welt hinterlassen hat, mein Zynismus ist ein Ausdruck von Niedergeschlagenheit: Ich reiße zynische Witze, um in einer Welt zu überleben, die ich mir nicht ausgesucht habe, die ich mir niemals aussuchen würde und aus der ich keinen Ausweg weiß. Denn egal, was wir der Generation vor uns auch vorwerfen, ihre Anführer haben das verdammt schlau angestellt. Sie haben ein System erfunden, das so perfekt ist, dass es Kritik von vornherein unmöglich macht, indem es jede Form von Widerspruch als Luxus klassifiziert. Wer Zeit hat zu protestieren, arbeitet nicht hart genug; wer arbeitslos ist, ist faul. Schon bald wird es heißen: Wer Hunger hat, ist selber schuld.

Naomi Klein in *Die Entscheidung. Kapitalismus vs. Klima*:

> *Die drei politischen Säulen der neoliberalen Ära – Privatisierung des öffentlichen Sektors, die Regulierung des Unternehmenssektors und die Senkung von Einkommens- und Unternehmenssteuern, finanziert durch Einschnitte bei den öffentlichen Ausgaben – sind samt und sonders unvereinbar mit zahlreichen Maßnahmen, die wir ergreifen müssen, um unsere Emissionen auf ein ungefährliches Niveau zu bringen, und gemeinsam bilden diese Säulen eine ideologische Mauer, die seit Jahrzehnten eine ernsthafte Reaktion auf den Klimawandel verhindert.*

20.

Ich betrachte Robins Rücken, ihre leicht hochgezogenen Schultern, während sie einen Teller nach dem anderen im Spülwasser versenkt. Selbst wenn sie stillsteht, scheint alles an ihr in Bewegung zu sein. Nach dem Abwasch verschwindet sie ins Bad, und schon bald erfüllt süßer Shampoo-Duft die Wohnung. Ich bleibe auf dem Sofa sitzen und spiele einen Song von Joni Mitchell. Mit einem Glas Whisky in der Hand singe ich mit.

Dass viele Joni Mitchell lieben (während andere sich abgrenzen wollen, indem sie sie verachten), und zwar wegen ihrer früheren Folk-Pop-Alben statt wegen der vielschichtigeren, musikalisch interessanteren späteren Werke, führt zu etwas, das die amerikanische Essayistin Meghan Daum als das *Joni Mitchell Problem* bezeichnet: das Problem, entweder gar nicht oder aus den falschen Gründen gut gefunden zu werden. Während ich schuldbewusst ein komplizierteres Joni-Lied abspiele, kommt Robin aus dem Schlafzimmer und fragt, ob es auch ein bisschen leiser geht.

Naomi Klein:

> *Neben dem wachsenden Bedarf an Waffen tragenden Männern bieten Dürren und Überschwemmungen noch viele andere*

Geschäftsmöglichkeiten*: zwischen 2008 und 2010 wurden mindestens 261 Patente im Zusammenhang mit dem Anbau von »klimaresistenten« Pflanzen eingereicht – Sorten, die extremen Wetterbedingungen trotzen sollen; fast 80 Prozent dieser Patente standen unter der Kontrolle von sechs großen Agrarkonzernen, darunter Monsanto und Syngenta.*

Man kann davon ausgehen, dass die Firmen, die heute leugnen, dass der Klimawandel überhaupt existiert, in dem Moment, in dem wir seine ersten akuten Folgen zu spüren bekommen, ganz vorn mit dabei sein werden, wenn es darum geht, unseren Untergang mit Produkten erträglicher zu gestalten. Sie möchten reich werden? Dann schaffen Sie ein Problem und sorgen dafür, dass Sie Patente auf seine Lösung haben.

Robin ist kurz davor, ihre Nachttischlampe auszumachen.

»Liebst du mich?«, fragt sie. Ich überlege kurz.

Ich habe in den letzten Jahren schon viele Menschen geliebt und ich will es nicht noch einmal aussprechen, ohne dass es sich auf mein weiteres Leben auswirkt.

»Ja«, sage ich schließlich, aber da ist sie schon eingeschlafen. Oder tut so als ob. Ihre Lider zittern.

Ich drehe mich um und zähle langsam bis tausend. Mir knurrt der Magen. Manchmal hilft es, an Essen zu denken, um den Hunger zu stillen, doch egal, woran ich denke – Pommes, Kürbissuppe, Thai-Curry, verschiedene Gemüsesorten, Kekse –, er knurrt einfach weiter. Ich stelle mir Italien vor, montiere mich gedanklich in die paar Fotos hinein, die ich vom Forschungsinstitut gesehen habe. Neben mir geht Robins Atmung manchmal in ein leises Schnarchen über, ein Schnarchen, das sich nahtlos mit dem Motorgestotter des Autos vermengt, das ich über die Serpentinen lenken werde.

Ich tauche in einen Stausee ein, um mich herum stieben winzige Fische in alle Richtungen. Langsam laufe ich die Auffahrt zum Institut hoch, der Kies knirscht unter meinen Füßen. Ich gehe durch die Drehtür, und ein penetranter Geruch nach neuem Teppich schlägt mir entgegen, rechts am Empfang sitzt eine ältere Frau. Sind Sie sicher, dass Sie das wollen?, fragt sie mit der Stimme meiner Mutter. *Hätte ich doch nur einen Hund* – mein letzter Gedanke, bevor ich endlich einschlafe.

Naomi Klein:

> *Unser Wirtschaftssystem und unser Planetensystem befinden sich miteinander im Krieg oder genauer gesagt, unsere Wirtschaft steht mit vielen Lebensformen auf der Erde im Krieg, darunter auch dem Menschen. Was unser Klima braucht, um nicht zu kollabieren, ist ein Rückgang des Ressourcenverbrauchs durch den Menschen; was unser Wirtschaftsmodell fordert, um nicht zu kollabieren, ist ungehinderte Expansion. Nur eines dieser Regelsysteme lässt sich verändern, und das sind nicht die Naturgesetze.*

Funfact: Die meisten radikalen Kapitalisten rechtfertigen ihre Theorie mit der Behauptung, sie beruhe auf einem »ökonomischen Naturgesetz«. Dabei hat die Ökonomie erklärtermaßen gar nichts mit der Natur zu tun, geschweige denn mit ihren Gesetzmäßigkeiten. Man stelle sich eine

Welt vor, in der Raum und/oder Zeit nicht existieren. Und dann eine Welt ohne Marktmechanismen und/oder Immobilienspekulation.

21.

INTERVIEWER: *You've always had a distaste for being referred to as a »confessional songwriter«, right?*
JONI MITCHELL: *Yeah, (...) you know, it's like, what do I confess to – I'm selfish? Mine is the most selfish generation, you know, in history. Right? What is so confessional – I'm sad? Oh jeez, you know, have you never been sad?*
INTERVIEWER: *You basically don't like being pigeonholed.*
JONI MITCHELL: *Exactly. No, I'm fluid. You know. Everything I am I'm not. And that's the way with all people if they really observe themselves.*

22.

Als ich zehn war, war ich eine Weile völlig auf meine Nase fixiert. Schaute ich in den Spiegel, sah ich immer, wie sich meine Nasenflügel ein wenig blähten, zitterten, wie sich die Nasenlöcher weiteten, bis ich statt einer Nase nur noch zwei Riesenlöcher im Gesicht zu haben schien. Ein Schwein, dachte ich, anderen wird das bestimmt auch auffallen, und dann sagen alle nur noch Schwein zu mir. Schwupp! blähten sich die Nasenflügel erneut. Ich verstand einfach nicht, wie das ohne mein Zutun möglich war. Zur Sicherheit begann ich durch den Mund zu atmen. Den Spiegel mied ich.

Jahre später, als ich das Buch *Einer, keiner, hunderttausend* von Luigi Pirandello las, musste ich wieder an meine vorübergehende Nasen-Fixierung denken. In der Eingangsszene steht der Protagonist Moscarda vor einem Spiegel und starrt auf seine Nase, die ihm ein wenig wehtut. Ja, sagt seine Frau, und schief ist sie auch noch. Diese Feststellung trifft Moscarda wie ein Schlag. Seine Nase soll schief sein? Doch da ist es bereits zu spät. Im Laufe des Buches bricht seine Identität auseinander (oder in sich zusammen, je nachdem) und zerfällt in hunderttausend Stücke.

Nichts ist einfacher, als sich selbst zu verlieren. Es geht

völlig lautlos vonstatten. Ohne dass man es merkt, spaltet man sich von sich selbst ab und geht im Alltäglichen auf.

Der dänische Philosoph Søren Kierkegaard schreibt in seinem Buch *Die Krankheit zum Tode:*

> *Das wirklich Gefährlichste und Schlimmste (sich selbst zu verlieren) kann in der Welt so still hingehen, als wäre es nichts. Kein anderer Verlust kann so still hingehen; daß man einen Arm, ein Bein, fünf Taler, ein Weib usw. verliert, das merkt man doch!*

Der Mensch tut so einiges, um sich selbst zu verlieren: viel zu viel trinken, viel zu viel Sport treiben, viel zu viel essen, Drogen nehmen, leidenschaftlich lieben. Alles Dinge, die weitere Verluste nach sich ziehen.

ERINNERUNGSFETZEN AUS EINEM STREIT MIT ROBIN:

»Red doch mit mir. Was ist denn los? Du wirkst so abwesend in letzter Zeit.«

(...)

»Und wenn wir ausnahmsweise mal zusammen weggehen, bist du nach einer halben Stunde betrunken.«

(...)

»Ich sage ja nicht, dass du nichts für andere übrig hast, Ida, ich sage wortwörtlich, dass du nur an *dich* denkst. Du glaubst, dass der Schlüssel dazu, mit anderen auszukommen, irgendwo in dir selbst zu finden ist, aber vielleicht solltest du die anderen einfach mal fragen, was sie gerade brauchen?«

»...«

»Außerdem: An sich selbst denken ist nicht dasselbe wie Selbstreflexion.«

»...«

»Kann gut sein, dass du in irgendeinem Winkel deines Gehirns Selbstreflexion betreibst, aber das ist eine Selbstreflexion, die nie ans Tageslicht kommen wird.«

»...«

»Jetzt sag doch mal was.«

23.

Die Ohnmacht, die man spürt, wenn man einen Stift in der Hand hält, mit der man normalerweise nicht schreibt, bei mir die Linke, ist vergleichbar mit der Ohnmacht, die man in sozialen Situationen spürt, vor allem bei Streit. Man ist ausgeruht, körperlich stimmt alles, aber wie soll man sich bewegen, wie sich ausdrücken, ohne anzufangen zu zittern?

24.

Wenn ich mich manchmal besonders einsam fühle, stelle ich mir vor, ich wäre ein junges Heteropärchen. Ich heiße Jan und Sara, wir kennen uns noch nicht besonders lange, halten es aber jetzt schon nicht mehr ohne einander aus. Deshalb schleppe ich mich am Samstagmorgen wie zwei Menschen aus dem Bett, mache uns Spiegeleier, kaufe Brot beim Biobäcker um die Ecke, gehe nachmittags ins Museum und anschließend, es nieselt, vielleicht noch kurz ins Kino. *Zwei Cola, bitte.* Vielleicht läuft ja eine romantische Komödie oder eine Doku über die Lebensmittelindustrie. Jan hat Sara im Museumsshop einen lustigen Schlüsselanhänger gekauft, und am Ende des Tages gehe ich hochzufrieden nach Hause, den Bauch voller Popcorn, den Schlüsselanhänger in der geschlossenen Faust.

Eine Masturbationsszene, die mit den Worten endet: *Nicht weggehen.*

25.

Die Freundin meines Bruders hat Schluss gemacht. Nach reiflicher Überlegung will sie doch keine Kinder, zumindest nicht mit Carl, den ich jetzt weinend am Telefon habe.

»Ich dachte, Marjolein wäre die Richtige«, schluchzt er. »Ich fand sie so besonders.«

»Warum eigentlich?«, frage ich. »Ich finde, du bist viel besonderer.«

»Na ja, sie wusste einfach, wer sie ist und was sie will. Echt attraktiv.«

»Nur dass sie dich nicht will.« Jeder will jemanden, der stark ist, sich dann aber doch ganz leicht nach den eigenen Vorstellungen formen lässt.

Ich erzähle ihm, dass sich Robin eine Woche freigenommen hat, um mich in Italien zu besuchen. Wenn Carl Lust hat, ist er ebenfalls herzlich eingeladen. Er sagt, dass er es sich überlegt, aber ich weiß jetzt schon, dass er meine Einladung nicht annehmen wird. Ich möchte über meinen Streit mit Robin sprechen, doch Carl fängt wieder an zu weinen.

»Das liegt alles an der Fehlgeburt«, sagt er. »Sie schwört, dass sie im Krankenhaus einen Engel gesehen hat. Einen riesigen Engel mit weißen Flügeln und allem Drum und Dran. Keine Ahnung, was ihr dieser Engel erzählt hat, aber seitdem ist nichts mehr, wie es war. Seitdem schlafe ich auf dem Sofa.« Ich wusste zwar, dass Marjolein aus einer katholischen Familie stammt, aber nicht, dass sie an Engel glaubt.

»Das tut mir leid«, höre ich mich sagen. »Sollte man in schlimmen Zeiten nicht eher vom Glauben abfallen?«

Mir wird klar, dass man sich genauso gut jemanden vorstellen kann, der in guten Zeiten vom Glauben abfällt. In guten Zeiten ist Gott überflüssig: Ehe man sichs versieht, hat man ganz vergessen, dass man sich je bekreuzigt und Stoßgebete zum Himmel geschickt hat. Aber wenn es wirklich darauf ankommt, soll Gott gefälligst da sein. Deshalb sehen wir Gott zwar als Wurzel alles Bösen, nicht aber als Wurzel alles Guten. Das schreiben wir uns selbst zu.

»Sie fand mich einfach nicht stark genug«, fährt Carl fort, »zu sensibel für einen Mann.« Er überlegt, eine mehrwöchige Radtour durch die Ardennen zu machen. Chris, sein bester Freund, hat dort ein Ferienhaus und ist seit Neuestem auch wieder Single.

»Ich weiß, wie sich das anfühlt«, sage ich kurz darauf.

»Wie meinst du das?«

»Wie es sich anfühlt, wenn man sich verletzlich zeigt, aber keine Reaktion bekommt.«

»Ich habe noch nie erlebt, dass du dich verletzlich gezeigt hast«, sagt Carl. »Dir geht es in der Liebe doch bloß darum, siegreich aus der Schlacht hervorzugehen.« Seine Atmung wird schwerer. »Erhobenen Hauptes die Bühne zu verlassen. Aber wenn das wahre Liebe sein soll, musst du dich auch damit abfinden, dass sie dir am Ende das Genick bricht.«

»Ja«, erwidere ich, »während es dir nur um den Genickbruch geht. Damit du dich den ganzen Sommer über im Ferienhaus von Freunden volllaufen lassen kannst.«

FÜR DIE, DIE TRAURIG SIND

Alles fühlt sich weit weg an für die, die traurig sind: Die Häuser von Freunden, der Supermarkt an der Ecke, die Arbeit von gestern, die Toilette, auf der man gerade noch war, ja, sogar das Bett, in dem man schon tagelang liegt, ist nicht automatisch nah.

Allerdings kann man auch tagelang im Bett liegen, ohne sich schlecht zu fühlen. Eigentlich lässt es sich da ganz gut aushalten: Es ist warm, weich, und meist ist ein Stapel Bücher in Reichweite. Müde ist nicht dasselbe wie traurig und Nichtstun nicht unbedingt ein Zeichen für Langeweile.

Früher wurde Depression oft mit Weltschmerz gleichgesetzt: eine unstillbare Sehnsucht nach mehr oder weniger allem, die unzulängliche Welt, die den Ansprüchen des Geistes niemals genügen kann, und deshalb: Leiden an der Welt. Doch im einundzwanzigsten Jahrhundert ist die Depression vor allem durch einen Mangel an Sehnsucht gekennzeichnet: Überfluss. Die Rollen sind vertauscht – nie kann der Geist den Ansprüchen der sich in Form von Geräuschen, Bildern, Meldungen und Meinungen ständig aufdrängenden Welt genügen. Sehnsucht existiert nicht mehr, wenn jedes Sehnen augenblicklich gestillt wird oder *gestillt werden könnte*, denn eine Sehnsucht, die nicht wenigstens für kurze Zeit anhält, kann man wohl kaum als Sehnsucht bezeichnen.

Die paradoxe Folge: leere Tage. Tage, die vor sich hin plätschern und eine apathische Traurigkeit in sich bergen. Dem Alltäglichen wohnt ein Gefühl des Nichtweiterkönnens inne, die Gliedmaßen stecken fest im Zement des teilnahmslosen Gemüts. Was wir auch tun, wir fühlen nichts. Was wir auch fühlten, wir würden nichts tun. Eine endlose Aussicht, die als blinde Mauer daherkommt.

Was alles apathische Traurigkeit hervorrufen kann:

ein Camping-Outlet im obersten Stock einer Gewerbeimmobilie
ein Auto-Showroom an einem Dienstagmorgen
der Geruch eines Ledersofas in einem Haus, in dem man zu Besuch ist
die kalten Fliesen im Flur desselben Hauses
ein Billigschuhgeschäft in den Neunzigerjahren
Werbung
Zeitschriften auf einem Glastisch im Wartezimmer
ein Blumentopf mit Tongranulat
und natürlich ein fast menschenleerer Flughafen weit nach Mitternacht

26.

Mit neun entdeckte ich eines Morgens zwei runde weißgelbe Kügelchen im Durchmesser von knapp einem halben Zentimeter in meinem Bett. Ich war fest davon überzeugt, meine Regel bekommen zu haben. Die Regel, das wusste ich, hatte etwas mit Eisprung zu tun, und das hier waren unverkennbar Eier. Und woher sollten die Kügelchen im Bett sonst kommen, wenn nicht aus mir? Aber ich war viel zu früh dran mit der Regel, die Erste in meiner Klasse. Damit dürfte es mit meinem Sozialleben vorbei sein. Kein Mädchen will als Erste in der Klasse die Regel bekommen (das hat keinen bestimmten Grund, es ist eher eine Art Naturgesetz). Dennoch bewahrte ich die kleinen Eier sorgfältig auf, in demselben chinesischen Schmuckdöschen, in dem ich auch meine Milchzähne sammelte. Nach ein paar Tagen beschloss ich, sie zu vergessen, wahrscheinlich hatte ich mich geirrt. Die Regel tue weh, hatte ich mal gehört, und mir hatte nichts wehgetan. Doch exakt einen Monat später tauchte erneut ein winziges Ei in meinem Bett auf, und damit war die Regeltheorie bewiesen. Ich wagte immer noch nicht, jemandem davon zu erzählen, war mir aber sicher, dass man es mir ansah. Es wahrscheinlich sogar roch. Meinen Eltern versuchte ich weiszumachen, ich wäre krank, aber da ich kein Fieber hatte, musste ich ganz normal zur Schule. Um wenigstens nicht sofort aufzufliegen, steckte ich mir heimlich eine von Mutters Binden in die Unterhose, aber bei Tag blieben die Eier aus.

Es folgten schwierige Wochen, bis ich irgendwann bemerkte, dass eines meiner Lieblingsstofftiere, ein kleiner Hund, ein Loch im Bauch hatte. Ein Loch, aus dem ab und zu Kügelchen herausfielen, Füllkügelchen, für mehr Griffigkeit in kleinen Händen. Nicht ich, sondern Wuffi legte die Eier. Vier Jahre brauchte ich nicht mehr an die Regel zu denken. Als es endlich so weit war, war ich eine der Letzten in meiner Klasse. Darüber hatte ich mir auch große Sorgen gemacht.

27.

Es ist mein letzter Abend in Amsterdam. Ich habe versucht, so viele Pastaplatten wie möglich in eine Ofenform zu schichten: Lage um Lage habe ich hauchdünn geschnittenes Gemüse und Lasagneblätter übereinandergestapelt wie ein menschlicher 3-D-Drucker.

»Wusstest du, dass wir Menschen so schlau sind, weil ein Urahn von uns irgendwann entdeckt hat, dass man Essen kochen kann?« Robin stellt die glühend heiße Form auf den Tisch. »Durchs Kochen hatte der Darm weniger Arbeit mit der Verdauung, somit stand die überschüssige Energie dem Gehirn zur Verfügung, das über die Jahrtausende immer größer wurde.« Ich verbrenne mir die Zunge an einem Tomatenstück und verfluche den betreffenden Urahn.

Nach dem Essen stehen wir auf dem Balkon und blicken über die Stadt. Ich kann zwar nicht durch die Häuser hindurchsehen, aber die ganze Stadt scheint in Sommerlaune zu sein. Im Park um die Ecke wird gegrillt, Lachen dringt mit den Rauchschwaden zu uns herauf. Robin zupft die vertrockneten Blumen aus einem der Pflanzkübel, die strohigen Stängel zerfallen ihr zwischen den Fingern.

»Ich fühl mich wie vor einem langen Urlaub«, sage ich, »gar nicht wie vor drei Monaten harter Arbeit.« Das Gefühl wird durch die E-Mail, die ich am Morgen bekommen habe, nur noch verstärkt: Ich hatte mich schon darauf gefreut, in einem altehrwürdigen italienischen Palazzo zu wohnen oder zumindest in einer netten Wohnung mit Balkon in einem pastellfarbenen Gebäude, doch stattdessen schickte mir der Leiter des Forschungsinstituts die Adresse eines Ferienparks, in dem er einen Bungalow für mich gebucht hat.

Weil Robin morgen früh einen wichtigen Vortrag hat, verbringe ich den Rest meines letzten Abends in den Niederlanden allein. Ich trinke noch ein Glas Wein. Ich weiß mit Sicherheit, dass ich wegwill, weiß aber auch, dass ich hierbleiben will.

28.

Obwohl kaum noch jemand an das Vorhandensein einer Seele glaubt, halten wir weiter an der Vorstellung fest, dass jeder Mensch einen Wesenskern hat. Die tief verwurzelte Vorstellung, jeder Mensch verfüge über ein selbstidentisches Bewusstsein, weckt darüber hinaus die Erwartung, dieses Bewusstsein habe konsequent und konsistent zu sein: Das macht es unmöglich, einer Person paradoxe Eigenschaften zuzuschreiben. Dabei haben wir alle regelmäßig widerstreitende Gefühle. Wir können durchaus ängstlich und mutig zugleich sein (ja, ich würde behaupten: Wer nicht ängstlich ist, kann gar nicht mutig sein), wir können sowohl irgendwo bleiben als auch von dort weg wollen.

Aristoteles' Satz vom Widerspruch: Es ist undenkbar, dass etwas zugleich ist und nicht ist.

Aristoteles hat sich geirrt. Das ist absolut denkbar.

Der französische Mathematiker und Philosoph Blaise Pascal (1623–1662) schreibt:

> *[Es ist gewiss], daß, je mehr Einsicht die Menschen haben, sie im Menschen sowohl Größe als auch Elend entdecken. (...) Die-*

ses doppelte Wesen des Menschen ist so sichtbar, daß manch einer gedacht hat, wir hätten zwei Seelen. Ein einfaches Wesen schien ihnen nämlich unfähig zu solchen und so plötzlichen Umschwüngen von grenzenloser Anmaßung zu schrecklicher Niedergeschlagenheit des Herzens.

Erst nachts um halb vier schlüpfe ich zum vorläufig letzten Mal unter meine Bettdecke (auch wenn es draußen warm ist, schlafe ich unter einer dicken Decke – meine Gliedmaßen brauchen etwas Schweres, damit sie sich wie meine Gliedmaßen anfühlen). Ein paar Kilometer weiter schläft Robin wahrscheinlich schon seit Stunden. Auf einmal kommt es mir vor, als wäre unser erstes Treffen Jahre her. Ich stelle mir drei Wecker, damit ich am nächsten Morgen auf keinen Fall meinen Flug verpasse.

29.

Ein weitverbreitetes Missverständnis über depressive Teenager besagt, dass ihnen alles egal ist. Dabei ist ihnen gar nichts egal: Eine Depression kann ebenso gut aus einem Zuviel wie aus einem Zuwenig an Lebenslust entstehen. Ich wollte die Welt verändern, doch meine Welt bestand lediglich aus den fünfhundert Metern Neubaugebiet, die ich jeden Tag auf dem Schul- und Nachhauseweg zurücklegte. Schulen sind darauf ausgerichtet, dass Schüler auf nichts Lust haben, dass man sie ausschließlich mit Strafaufgaben oder einem Ungenügend zum Lernen bewegen kann, doch mindestens genauso häufig gilt das Gegenteil: Es gibt nichts, was die Lebenslust einer Vierzehnjährigen stillen könnte, und das kann so eine Vierzehnjährige ziemlich traurig machen.

Obwohl ich meine Füller, Teelöffel, Muscheln und Steine noch immer gern hatte, merkte ich irgendwann, dass es mir an Ansprache fehlte. Deshalb begann ich, Bücher zu horten. Wenn ich dann beim Lesen die Augen schloss, kam es mir so vor, als führte ich ein Gespräch mit dem Autor. Alles Lesbare bunkerte ich in meinem Zimmer: Kinderbücher, Romane, Kunst- und Gedichtbände, Kataloge, Lehrbücher, Biografien ...

Dachte ich an Schriftsteller, sah ich Menschen vor mir, die im dunklen Kämmerlein seelenruhig, mit aller Zeit der Welt, ein Wort nach dem anderen zu Papier brachten, hier und da etwas durchstrichen, wieder von vorn begannen, auch mal eine Seite zerrissen, aber all das eben seelenruhig und in vollem Vertrauen darauf, dass die nächste Seite mehr Glück bringt.

Ich las immer mehr. Meine neuen Freunde waren echt witzig, klug und rund um die Uhr verfügbar. In Form einer hohen Mauer lagen sie um mein Bett gestapelt. Am liebsten mochte ich Bücher von Frauen. Von traurigen, starken Frauen. Ich wollte so sein wie sie, eine Frau, die zu allen Kontakt hatte, aber niemanden brauchte. Denn ich war das genaue Gegenteil: Ich hatte zu niemandem Kontakt, brauchte aber alle.

ICH HASSE DEN STURM, ICH LIEBE DEN STURM

menschen, die angst haben vor dem tod, vs. menschen, die angst haben, dass das leben nach dem tod einfach weitergeht

die unabweisbare erkenntnis, dass man nur an einem einzigen ort gleichzeitig sein kann. und das anschließende triumphgefühl: den platz kann einem niemand streitig machen

deskriptiv, präskriptiv, kreativ, destruktiv, reflexiv (als handlungsfolge): beschreiben, was ist, benennen, was sein muss, was sein muss machen, was ist zerstören, nachdenken über das, was war

altern ist wie einem gefrierfach beim auftauen zusehen: man weiß, worauf man wartet, aber es zieht sich

jemanden mitten auf einer gefährlichen kreuzung aus dem auto werfen und beim wegfahren im rückspiegel sehen, dass man es selbst ist

den ganzen tag am handy kleben und dadurch für die eigenen gedanken unerreichbar sein. sich selbst anrufen wollen in letzter zeit gelingt es mir nicht, draußen herumzulaufen und die dinge als das wahrzunehmen, was sie sind. jedes gebäude ist auf seine konturen reduziert, jeder baum eine blaupause von einem baum, jede person ein archetyp

mit der neuen liebe über alte lieben reden, um zu sagen: du hast das vielleicht noch nicht mitbekommen, aber diese, diese und diese person hat mich bereits geliebt (siehst du: ich bin liebenswert)

es persönlich nehmen, wenn geräte kaputtgehen, es feiertagen übel nehmen, wenn sie blöd fallen

im traum bekam ich einen sack mit bumerangkugeln, damit ich im traum niemanden mehr erschießen kann

das gefühl von scham als ewig sprudelnder brunnen. das herz als pumpe

angst als sozialisierender und individuierender faktor: anderen näher sein wollen und sich dabei mehr denn je zum ausgangspunkt nehmen

rätsel: ein jongleur steht mit blutigen händen da. was hat er in die luft geworfen?

dienstagmittags und donnerstagmittags klingt autolärm anders, fader

ein mensch ist für einen engel, was ein tier für einen menschen ist im atlas blättern, um die fantasie in gang zu setzen

der geruch von narkose

ganz lange ganz laut lachen, um den sturm zu übertönen

THE GREAT OUTDOORS

Into the wilderness,
away from the loneliness
BURNING HEARTS

REISE-MITMACHBUCH (BEI EXTREMER HITZE)

Quizfrage:

Du verreist,
a) um mehr von der Welt zu sehen
b) um deine Welt nicht mehr sehen zu müssen
c) um der Welt zu zeigen, dass du jemand bist, der verreist

Denk dir eine Urlaubsmetapher für zwischenmenschlichen Umgang aus, die besser ist als das Beispiel.

Das Beispiel:

> *Wenn jemand etwas Nettes zu dir sagt, ist das so, als würde er dir einen Rettungsring zuwerfen.*
> *Wenn du etwas Nettes zu dir selbst sagst, ist das so wie Kraulen für Fortgeschrittene.*

Klebe hier ein Bild von dir in Badesachen ein, das dich so zeigt, wie du dich am liebsten sehen würdest.

Klebe hier ein Bild von deiner Freundin/deinem Freund in Badesachen ein, das sie/ihn genau so zeigt, wie sie/er ist. Du brauchst nichts zu verändern.

Problem: Es ist so heiß, dass du eigentlich keinen Appetit hast. Lösung: Essensdüfte. Schon gewusst, dass sich Gerüche im Sommer leichter ausbreiten, weil höhere Temperaturen den Abstand zwischen den Molekülen vergrößern?

Denk dir noch mehr solche Nonsens-Fakten aus.

Spiel das folgende Spiel: Wer als Erster eine Möwe kacken sieht.

Mau-Mau, Dame, Triominos, Reisemonopoly, Auto-ABC, Sitzfangen, Rommé.

Bleib drinnen oder such ein kühlendes Laubdach. Falls Tannenwald vorhanden: Dort findet man immer ein kühles Plätzchen. Und selbst ein kahler Hügel hat eine Schattenseite.

Such nach einem Gedicht mit dem Wort »Sommer« in der ersten Zeile. Ich fang an:

Im Sommer weiß ich wieder, wo ich herkomm und warum
meine Knie nach gelben Zwiebeln riechen –
warum du in meinem Wohnzimmer stehst, Erin,
und mit den Beinen das für deinen Bruder
längst zu kleine Fahrrad umklammerst –
du hättest mich am liebsten wieder
in Schluchten ohne Aussicht.

Stell den Kühlschrank so kalt ein wie möglich.
Und die Gefriertruhe.

Und die der Nachbarn (Zusatzpunkte).
Warte, bis es dunkel wird.
Setz dich in Bewegung.
Geh langsam die Straße runter (über den Campingplatz/raus aus dem Ferienpark/rein in den Wald/Richtung Weide).
Beim ersten Gewässer, auf das du triffst, bleibst du stehen.

Hat es länger nicht mehr geregnet, kannst du hindurchwaten.

1.

Es ist viel los an der Station, als mein Bus abfährt. Eine Frau wischt ihrem kleinen Sohn einen Marmeladenklecks von der Wange und schreit ihm etwas ins Ohr, was ich nicht verstehe. Ich habe dunkle Schweißflecken unter den Armen.

Die Straßen sind voller Menschen, allesamt mit rotem Kopf, weil sie in dieser sengenden Hitze draußen unterwegs sind, Einkäufe schleppen, Wägen schieben oder zwei Kinder hinter sich her zerren. Die Landschaft wird immer staubiger, je weiter sich der Bus vom Flughafen und der Stadt entfernt. Warum man in so einer schmutzigen Umgebung trotzdem überall saubere Wäsche zum Trocknen aufhängt, ist mir ein Rätsel. Nach und nach nimmt die Zahl der Wohngebäude ab und die der Großhandelsbetriebe zu. Die Neuwagen, Gebrauchtwagen und Kräne neben der Autobahn glitzern in der Sonne. Rost hat die Leitplanken tiefrot verfärbt. Der Bus nimmt die Ausfahrt nach Norden, Richtung Schweizer Grenze, und wir erreichen Hügel, die nach einiger Zeit in Berge übergehen (ab wann darf man eigentlich Berg zu einem Hügel sagen?). Zwischendurch steigen Leute aus und neue ein, ich helfe einer älteren Frau, ihren Koffer im Gepäckfach zu verstauen.

Während wir von Tal zu Tal fahren, schaue ich abwechselnd aus dem Fenster und lese noch mal das Theaterstück von Marguerite Duras. Der Mann und die Frau im Buch treffen sich regelmäßig in einem Zimmer mit Meerblick. Ich stelle mir das Zimmer weiß vor, mit nur einem Bett und einem Stuhl, die salzige Meerluft hat jede Faser durchdrungen.

Meer. Meer. Meer. Meer. Mit geschlossenen Augen fühlt sich das Auf und Ab des Busses auf dem kaputten Asphalt an wie Wellengang.

Robin, das weiß ich, liebt das Meer. Die riesigen, schäumenden Wassermassen, die endlose Fläche, unter der sich weiß Gott was abspielt – für sie ein Symbol für Möglichkeiten, für Freiheit. Ich dagegen hege seit ich denken kann eine tiefe Abneigung gegen das Meer. Klar, das Meer bei Sonnenuntergang ist schön, tropische Inseln sind schön, aber ansonsten sind Strand und Meer vor allem Orte, wo man sich nirgends verstecken kann. Wo der Wind freies Spiel hat. Wo die eigenen Knochen drei Jahre nach dem Ertrinken an einem nasskalten Herbsttag gefunden werden, von kleinen Strandräubern auf Klassenfahrt, zwischen Plastiktüten und Treibholz.

Es ist fast 13:00 Uhr, wahrscheinlich bricht Robin gerade zum Lunch auf. Ich sehe sie vor mir in ihrem Stammcafé, umringt von ihren Kolleginnen, die über jeden ihrer Witze lachen. Sie bestellt das Tomaten-Pesto-Baguette und trägt das hellblaue Top, das zu dieser Jahreszeit ihr Lieblingsteil ist, weil es so gut zu ihren gebräunten Schultern passt.

Die Klimaanlage des Busses brummt laut, ein merkwürdiges, mechanisches Geräusch, von dem ich mir nach einer Weile einbilde, dass es aus meinem Kopf kommt. Im Hintergrund das Blätterrauschen der vorbeirasenden Autos. Ich setze den Kopfhörer auf.

2.

Was wohl von mir und Robin übrig bliebe, wenn ich sie nicht länger auf einen Sockel stellen würde? Kaum habe ich Gefühle für jemanden, schwupp, steht sie da, hoch oben auf dem weißen Marmor. Auf einmal bekommt jedes ihrer Worte eine höhere Bedeutung, auch wenn sie dummes Zeug redet, sich widerspricht oder mir E-Mails voller Rechtschreibfehler schickt. Ich vollführe die wildesten mentalen Verrenkungen, um mögliche Inkohärenzen in ein positives Licht zu rücken. Das Dumme ist nur: *Ich bin der Sockel.* Jemanden auf den Sockel stellen bedeutet: den anderen über sich selbst zu stellen, aber immer schön in Reichweite (ohne Sockel keine Statue, ohne mich kein Du). Was ich da tue, ist, dieser Person mein ganzes Wissen zuschreiben, Wissen, das es ihr ermöglicht, mich umfassender zu begreifen; ich will ihr alles zeigen, was ich sehe, um sie dann ausgerechnet für das anzubeten, was die so Imaginierte von mir trennt: die Tatsache, dass sie nicht ich ist.

Und dabei entgeht mir völlig, dass jemand anders viel mehr begreifen kann als ich und ohnehin mehr sieht, denn ich komme vor lauter Liebestrunkenheit schon seit Tagen nicht mehr aus dem Haus. Ohne mich trotzdem ein Du.

BERGBEWOHNER MELDEN SICH ZU WORT

Heute heben ja alle das Meer in den Himmel. Nun, solange sie es nicht in die Berge heben. Hier in den Bergen können wir nichts damit anfangen. Wir müssten uns sonst alle über die höchsten Gipfel verteilen, so wie bei Hochwasser alle auf die Dächer klettern. Doch was bliebe dann noch von den Gipfeln übrig? An seinem tiefsten Punkt ist der tiefste Ozean, der Pazifik, über elf Kilometer tief. Der höchste Berg dagegen, der Mount Everest, ist gerade mal 8848 Meter hoch.

Das Gefährliche am Meer ist, dass es an der Oberfläche so unscheinbar wirkt, aber darunter, darunter. Ein Berg dagegen zeigt offen, was er hat: Bitte schön, Tannenbäume und dazwischen ein paar Hirsche, hier sind Sie richtig.

Sprichwörter zur Veranschaulichung:

Ist das Meer im Mann, ist der Mann über Bord.
Ist der Strandschirm im Auto, müssen die Kinder noch ruhiggestellt werden.
Wer das Meer in den Himmel hebt, lässt ein Meer aus toten Fischen zurück.

Marguerite Duras schreibt in *Die Krankheit Tod*:

> *Sie fragt Sie, ob Sie das Meer gesehen haben, sie fragt Sie, ob es Tag geworden sei, ob es hell sei.*
> *Sie sagen, der Tag breche an, doch in dieser Jahreszeit brauche er sehr lange, den Raum mit seinem Licht zu erfüllen.*
> *Sie fragt Sie nach der Farbe des Meeres.*
> *Sie sagen: Schwarz.*

Weiter. Man kann zwar nicht das Meer hinter den Bergen sehen, aber die Berge hinter dem Meer. Da macht das Meer nichts verkehrt. Aber denkt auch mal irgendwer an die Berge unter Wasser? Wer besteigt sie? Wer malt sie? Das ist die Schuld des Meeres.

Symptome von Seekrankheit sind: Schwindel, Übelkeit, Erbrechen, Kopfschmerzen. Symptome von Höhenkrankheit sind: Schwindel, Schlaflosigkeit, Koordinationsstörungen, Ohnmacht. Dann lieber seekrank, sollte man meinen. Wir aber meinen: Es gibt kaum einen Unterschied. Man kann ertrinken oder in den Abgrund stürzen. Man kann einen Menschen mir nichts, dir nichts verlieren.

Es gibt jedenfalls keinen Mittelweg. Es wäre absurd, als Mensch auf dem platten Land zu leben, in einer Landschaft, die sich meerartig in die Ferne erstreckt, das Versprechen aber nicht einlösen kann. Man sagt, ein tiefer Horizont lenke die Aufmerksamkeit auf den Himmel. Wir sagen: Der Himmel ist leer.

Wir sagen: schwarz.

3.

Ich kann mich noch gut an mein letztes Mal im Ferienpark erinnern. Meine Mutter reagierte damals allergisch auf das Wasser im Bach, der direkt an unserem Ferienhaus vorbeifloss. Zum ersten und letzten Mal mussten Carl und ich zusammen in einem Stockbett schlafen. Er lag oben und ließ vor dem Schlafen ausgiebig einen fahren. Als Rache trat ich ihm jedes Mal, wenn ich glaubte, er wäre eingeschlafen, in den Rücken; so lange, bis ich endlich selbst einschlief.

Hier riecht es nicht nach Pups, sondern nach Tannenwald, nach einem von der weitläufigen, freundlichen Sorte – nicht so einem, der schon zwei Meter abseits vom Weg pechschwarz und undurchdringlich ist und von Wölfen beherrscht wird. Dämmerwald nannte ich früher solche Wälder, in denen es scheinbar nie richtig Tag wird.

Nach kurzer Suche finde ich meinen Bungalow, er ist hellrosa, auf dem Schild neben der Tür steht 103. Alle Häuser sind in unterschiedlichen Farben gestrichen und wirken nicht älter als fünf Jahre. Beton und Glas. Auf manchen Steinterrassen vor den Bungalows sitzen Urlauber an Plastiktischen, darauf Weingläser und Schälchen mit Oliven. Ich rolle meinen Koffer ins Haus und schreibe Robin, dass ich gut angekommen bin. Am Abend schaue ich eine italienische Quizsendung, von der ich kaum was verstehe. Ich gehe früh ins Bett, morgen um neun muss ich den Mietwagen abholen.

4.

Der Institutsdirektor begrüßt mich am Empfang eines dreistöckigen runden Gebäudes. Er ist ein großer, gut aussehender Mann Ende fünfzig und trägt einen grauen Anzug voller Kreideflecken. Meinen gemieteten Fiat habe ich nach einer mulmigen Fahrt direkt vor dem Eingang geparkt.

»Wie gesagt, wir erforschen hier alles Mögliche«, erklärt er mir auf einem kurzen Rundgang. »Wir sind gewissermaßen das bedeutendste Forschungsinstitut diesseits der Alpen.« Er führt mich durch lange Korridore mit abgehängten Decken. Es riecht nach Suppe.

»Wir befassen uns unter anderem mit der Entwaldung – wintersportbedingter, aber nicht nur –, mit dem Einfluss von Schmelzwasser auf die Wasserqualität in anderen Teilen des Landes, mit dem Wohl der hiesigen Fauna und natürlich mit dem Klimawandel. Wir arbeiten eng mit der Schweiz, Frankreich, Österreich und Slowenien zusammen.« Wir betreten einen großen runden Raum. »Unser Besucherzentrum. Hier präsentieren wir jedes Quartal unsere neuesten Erkenntnisse.« Auf seinen Knopfdruck hin gehen überall Leuchtstoffröhren an. Hinten links steht ein großes Modell des Staudamms. Der Direktor zeigt mir, dass die Sedimente, die sich hinter dem Damm abgelagert haben, enormen Druck auf die Staumauer ausüben.

Am Ende des Vormittags stellt mich der Direktor meiner Praktikumsanleiterin vor. Sie heißt Chiara, ist geschätzt zehn Jahre älter als ich, ganz in Schwarz gekleidet und trägt dicken schwarzen Eyeliner. Sie bietet mir eine Tasse wässrigen Kaffee an und führt mich in ein Büro – unser gemeinsames, wie sich herausstellt. Der Ausblick ist ziemlich trostlos: zwei Betonbauten (eine Lagerhalle und ein Bürogebäude), doch dahinter sind Berge zu sehen, oder zumindest einer, teilweise.

»Durch die Erderwärmung fällt immer weniger Schnee«, erklärt sie mir in unserer ersten gemeinsamen Mittagspause. Sie hat zwei Panini auf ihr Tablett gelegt. Wir befinden uns in einer kleinen Kantine, auf einer Warmhalteplatte steht ein großer Topf Minestrone. »Und wenn der Schnee, der normalerweise ab Herbst fällt, dem Regen weicht, steigt in dieser Jahreszeit der Wasserstand. Der Regen setzt immer früher ein, und er wird an Stärke eher noch zunehmen. Der Damm ist schon alt und hält dem Wasser bald nicht mehr stand, erst recht nicht in Verbindung mit den Ablagerungen. Das kann gefährlich werden. Schlimmstenfalls müssten wir achtzigtausend Menschen evakuieren.« Ich führe einen Löffel Suppe zum Mund und sehe an Chiara vorbei nach draußen. Tatsächlich regnet es gerade.

»Das war dir doch bewusst?«

Darüber, was es bedeutet, wenn statt Schnee Regen fällt, habe ich noch nie nachgedacht.

»In den Niederlanden schneit es selten«, sage ich, obwohl das natürlich keine Antwort ist.

schnee

wir lauschen dem knistern des kaminfeuers
das die nächtliche stille jenseits des feuers hörbar macht

es ist ein feuer, das wilde tiere fernhält
täten das nicht schon die wände

so führt der gedanke ans feuerknistern
in einer langen prozession
die tiere zu mir

nach dem schnee ist die stille der wilden tiere
noch stiller
und man sieht, wo sie gelaufen sind

aber seien wir ehrlich, hier schneit es selten
schon verwischt der lärm alle spuren

5.

Die Arbeit ist simpler als gedacht: Anstatt selbst zu forschen, soll ich die Ergebnisse von Chiaras Forschungsgruppe als Exposé für die Europäische Union aufbereiten. Darüber hinaus habe ich die Aufgabe, dafür zu sorgen, dass die Presse über das Projekt berichtet und später bei der Sprengung des Staudamms ein Filmteam vor Ort ist.

»Das Problem ist Folgendes«, sagt Chiara. »Würden irgendwo auf der Welt tausend Menschen durch eine Bombe sterben, würden wir wochenlang von nichts anderem hören. Überschwemmungen und Dürren kosten aber jedes Jahr mindestens genauso viele Menschenleben. Dazu gibt es dann eine kurze Meldung am Ende der Nachrichten, wenn überhaupt. Dabei sind solche Naturkatastrophen nicht mal für den Großteil der Klimatoten verantwortlich; die meisten sterben ganz allmählich, einer nach dem anderen, an banalen Ursachen. Irgendwo führt eine Missernte zu Unruhen, bei denen Menschen niedergetrampelt werden, woanders wird eine Straße weggeschwemmt, wodurch ein paar Leute nicht rechtzeitig an ihre Medikamente kommen. Darüber gibt es aber keine Sondersendungen, weshalb der Klimawandel viel seltener in den Nachrichten thematisiert wird, als das eigentlich der Fall sein müsste. Wenn wir niemandem eindeutig die Schuld zuweisen können, interessieren uns Leid und Elend deutlich weniger. Das heißt aber noch lange nicht, dass niemand Schuld daran hat.«

»Wir gehen an unserem eigenen Erfolg zugrunde«, sagt sie später im Büro. Sie hat mir einen Stapel Unterlagen auf den Schreibtisch gelegt und sich wieder auf ihren Stuhl gesetzt. »Wir sind so gut darin geworden, kranke Kinder, Erwachsene, Alte, also praktisch alle wieder aufzupäppeln, dass die Weltbevölkerung unaufhörlich wächst. Ein Hauptziel der medizinischen Forschung besteht darin, Krebs zu einer chronischen Krankheit zu machen. Ein gruseliger Gedanke, wie ich finde, wenn die Geburtenrate nicht schleunigst sinkt. Wir müssen uns entscheiden: Entweder wir setzen weiter so viele Kinder in die Welt und nehmen hin, dass ein Teil von ihnen viel zu früh stirbt – nach dem Motto *survival of the fittest* –, oder wir versuchen, den bereits existierenden Menschen ein möglichst langes und gutes Leben zu bescheren und gleichzeitig das Bevölkerungswachstum drastisch zu reduzieren. Hier in Italien sind wir da schon auf einem guten Weg, es sterben mehr Menschen als neue geboren werden, aber global betrachtet nützt das natürlich wenig.«

Sie zieht ein Buch aus ihrer Schreibtischschublade. *Die Welt ohne uns* steht auf dem Einband. Noch ehe ich etwas sagen kann, steckt sie es in meine Tasche. Danach verstaut sie einige Unterlagen in ihrem Rucksack und verlässt das Zimmer, um pünktlich bei einem Meeting zu sein.

Auf dem Rückweg zum Ferienpark lasse ich meinen ersten Arbeitstag Revue passieren. Am Eingangstor sehe ich zwei etwa elfjährige Jungen mit einem Plastikkrokodil im

Schlepptau. Sie laufen ein paar Meter vor meinem Auto her und verschwinden dann in einem der Bungalows.

Wie viele Menschen, die ich liebe, hätten wohl ihr jetziges Alter erreicht, wären sie zweihundert Jahre früher geboren worden? Die meisten wären bestimmt schon zig Mal an irgendwelchen Krankheiten gestorben, die sie heute überleben – oder gar nicht erst bekommen. Niemand weiß, wer von uns ohne die Kombi-Impfstoffe an Polio oder Diphterie erkrankt wäre. Alle ehemaligen Brutkastenbabys unter meinen Freunden und Bekannten, alle Menschen mit Änämie, alle Frauen mit Geburtskomplikationen, alle, die dank Rettungswagen oder Defibrillator, Chemotherapie oder HIV-Hemmer gerettet wurden … sie wären längst tot.

Während ich über das Ferienparkgelände fahre, schicke ich Robin eine Nachricht, um ihr zu sagen, dass ich sie liebe und vermisse, und fahre dabei fast gegen einen Baum. Ab und zu sehe ich hinter den Gipfeln einen Blitz, gefolgt von Donnergrollen, das von den Bergwänden widerhallt und so von überall zu kommen scheint. Kurz fühle ich mich an meine Katastrophen- und Atombombenobsession von vor ein paar Monaten erinnert, dann parke ich hastig das Auto und flüchte durch den sich verdunkelnden Tag ins Haus.

6.

Dass der Kampf gegen den Klimawandel mit dem Verzicht auf Kinder beginnt, stößt, wie ich an diesem Abend den Kommentaren zu einem Online-Artikel entnehme, auf reichlich Widerstand. Fast alle Reaktionen enthalten mindestens einmal das Wort »Klimanazi«. Mir fällt auf, mit welcher Selbstverständlichkeit Kinder verherrlicht und per se als etwas Besonderes charakterisiert werden – »Die Kinder sind tabu!« –, dabei ist Kind-gewesen-zu-sein nun wirklich das Einzige, was alle Erwachsenen miteinander gemein haben, und somit eben gar nichts Besonderes. Außerdem gibt es, wenn wir ehrlich sind, nette und weniger nette Kinder. Und trotzdem betrachten wir jedwede kindliche Handlung als unschuldig und, was noch fragwürdiger ist: als unbedacht.

Dabei dürften wir einfach nur vergessen haben, mit welchen – im Nachhinein nichtigen – Gedanken wir uns als Kind gequält haben: damit, dass wir am ersten Schultag noch keine Freunde gefunden haben. Dass wir nicht genug Kinderbriefmarken für den guten Zweck verkauft haben. Dass wir bald Geburtstag haben oder unser Geburtstag noch ganz lange hin ist. Vielleicht gibt es Kinder, die nicht alles zergrübeln, aber dann wette ich, dass sie auch später im Leben ihre Sorgen leichter abschütteln. Sorglose Menschen waren als Kind nicht anders als heute, dafür braucht man dem Kind von damals nicht anerkennend auf die Schulter zu klopfen. Wir würden das Kind, das wir einmal waren, gern von unserem erwachsenen Ich abkoppeln, um uns nicht eingestehen zu müssen, dass ein Großteil unserer Persönlichkeit bereits in der Kindheit feststand. Vielleicht glauben wir, dass uns das Leben unglücklich gemacht hat, oder die Liebe, aber mal ehrlich: Wir waren schon als Kind Problemwälzer.

7.

Abends vor dem Einschlafen lese ich das erste Kapitel von *Die Welt ohne uns.* Das Buch handelt vom bleibenden Einfluss der Menschheit auf ihre Umwelt. Der Autor Alan Weisman entwirft darin eine Welt, in der die Menschheit von einem Tag auf den anderen verschwunden ist: Was bleibt von ihr? Wie lange dauert es, bis all unsere Spuren ausgelöscht sind? Und wie können wir verhindern, dass die Menschheit, indem sie die Welt vernichtet, auch sich selbst vernichtet? Auch Weismans Antwort lautet: weniger Kinder. Brächten alle Frauen vom heutigen Tag an nur noch ein Kind zur Welt, würde sich die Weltbevölkerung bis zum Jahr 2075 halbieren.

Trotzdem: Würde Robin mich fragen, ob ich ein Kind mit ihr will – ich würde sofort Ja sagen. Schon der Gedanke daran macht mich glücklich. Dann eben keinen Beitrag zum Klimaschutz leisten. Ich will mir ihr Gesicht, ihren Körper vor Augen rufen, aber das Bild bleibt unscharf. Von den letzten Monaten sind mir nur Fetzen in Erinnerung, vor allem aus unseren Streits.

Es heißt, Menschen mit Depressionen hätten ein gestörtes Zeitempfinden: Zeit existiert kaum noch für sie, weil sie ihre normale Funktion verloren hat. Vergangenheit, Gegenwart und Zukunft haben keinerlei Bedeutung mehr. Bei nicht-depressiven Menschen sorgt die Zeit dafür, dass unangenehme Ereignisse vorübergehen, dass Hoffnung möglich ist, dass man voller Nostalgie auf einen sorglosen Sommer zurückblicken kann ... Doch wer depressiv ist, kann das Potenzial für Veränderung, das die Zeit mit sich bringt, kaum noch erfahren. In der Depression gibt es nur noch eine Erfahrung: die der Nicht-Erfahrung, ein unendlicher, widerlicher Brei des Immergleichen. Das erschwert auch Entscheidungen, denn um sie treffen zu können, braucht man einen vorausschauenden Blick: Was sind die Folgen dieser Entscheidung, welche Vor- und Nachteile bringt sie? Manche Menschen beschreiben Depression so, als wäre die Zeit für sie stehen geblieben: Sie nehmen wahr, wie die Zeit für alle anderen weiterläuft, sie selbst aber fühlen sich von der tickenden Welt der Zeit ausgeschlossen. Das ultimative Leben im Jetzt sozusagen. Und gleichzeitig der Grund, warum ich das Leben im Jetzt hasse.

In dieser Nacht träume ich, dass ich der letzte Mensch auf Erden bin. Wie lange es wohl dauert, bis ich merke, dass etwas nicht stimmt? Und wie lange, bis ich aufhöre, nach anderen Menschen zu suchen?

Als ich am nächsten Morgen aufwache, kommt mir aus irgendeinem Grund der Film *Kevin allein zu Haus* in den Sinn.

8.

was uns unsere popelige fantasie auftischt, wenn wir an stehen gebliebene zeit denken: eine uhr mit leerer batterie

9.

Chiara bombardiert mich mit Zahlen, die belegen, dass die Niederlande bei einem Anstieg des Meeresspiegels als eines der ersten Länder in große Schwierigkeiten geraten werden. Es kommt mir vor, als gäbe sie mir die Schuld dafür, dass die niederländische Regierung in Sachen Klimapolitik schläft, und ich wünschte, ich wäre über die Situation in Italien besser informiert. Chiara zeichnet ein Schreckensszenario von Deichen, die nicht etwa brechen, sondern schlicht überflutet werden.

»Die Niederlande und Florida«, sagt sie. »Die werden dem Westen die Augen öffnen. Denk an meine Worte!« Es folgt eine Anekdote über den Bürgermeister von Miami, der in der Hoffnung, noch etwas Zeit herauszuschlagen, die ganze Stadt höherlegen lässt. Laut Chiara nur eine Galgenfrist.

Manchmal kommt es mir so vor, als wären Hoffnung und Angst, obwohl sie eigentlich als Gegensätze gelten, im Grunde Ausdruck von Ein und Demselben: Beide nehmen sie die Zukunft vorweg. Mal ist diese Vorwegnahme negativ (alles geht schief), mal positiv (alles wird gut). Während ich noch auf einen guten Ausgang hoffe, ist diese Hoffnung bei Chiara bereits in Angst umgeschlagen (und die Angst, so erscheint es mir manchmal, in Resignation).

Als ich Robin diesen Gedanken nach dem Mittagessen

per Mail darlege, antwortet sie in weniger als einer Stunde: *sehe ich nicht so, hoffnung und angst haben nur miteinander gemein, dass beide irrational sind – wie alle emotionen.*

Deutliche Worte.

Ist es möglich, auf etwas zu hoffen, ohne Angst davor zu haben, das Erhoffte könnte nicht in Erfüllung gehen? Lässt sich die Angst vor einem Verlust in die Hoffnung ummünzen, dass dieser Verlust nicht eintritt? Ich jedenfalls weiß, dass ich nie so voller Hoffnung bin wie in Zeiten der Angst. *Beide gehen also auf jeden Fall Hand in Hand,* schreibe ich zurück. Ich habe gerade auf »Senden« geklickt, als Chiara vorschlägt, am nächsten Tag zusammen mit Stephan, einem Kollegen aus dem Forschungsbereich Tierwohl, der sich mit Süßwasserfischen beschäftigt, den Stausee zu besichtigen.

10.

Das Seltsame an Angst ist, dass die Welt in Angst noch genauso ist wie vorher und trotzdem alles unumkehrbar verändert erscheint – eben weil es sich anfühlt, als würde sich nie wieder etwas verändern. Wie soll ich sagen, es ist, als ob die Luft vor unseren Augen ins Flimmern gerät: Wir sehen, was da ist, aber wie durch einen Schleier. Angenommen, es ist ein knallheißer Sommertag, der Asphalt dampft, wir liegen mit einer Wange auf dem schwitzenden Teer, und uns wird klar: Alles, was wir sehen, ist vermutlich eine Luftspiegelung. Wie soll ich sagen,

Angst: als würden wir, Fixpunkt unserer eigenen Welt, plötzlich aus dieser Welt herausgerissen, während wir weiterhin wohl oder übel in jeder Faser der Welt zugegen sind, gefangen in dem, was sich zuvor alles außerhalb von uns befand. Nicht wir erleben die Angst, sondern die Angst hat uns im Blick, von einem Wachtturm aus, einem panoptischen Punkt – wir können ihr nicht entkommen. Oder umgekehrt: Als würde die gesamte gigantische Außenwelt bis in unsere letzte Zelle eindringen, uns jeglicher Kontrolle über unseren Körper berauben und trotzdem die volle Verantwortung auf uns abwälzen. Oder vielleicht so: Angst als etwas, was eben gerade nicht bis in unser Innerstes vordringt, sondern unser Innerstes umschließt – und einmauert. Und dann auch noch andauernd dieses pissgelbe Scheißlicht.

11.

Es ist schon seltsam, wie wir Hoffnung als etwas betrachten, das gratis zu haben, ja einfach vorhanden ist, »egal, was passiert« –, wenn nicht hier und jetzt, dann an der nächsten Straßenecke, wo wir doch eigentlich fest davon ausgehen können, dass eine Mangelware wie Hoffnung im Kapitalismus ihren Preis hat. Natürlich kann man immer auf ein Wunder hoffen, stehen die Chancen auch noch so schlecht, aber zweifellos ist nicht allen Menschen gleich viel Hoffnung beschieden. Man muss schon etwas dafür tun. Auf ein Eigenheim sparen zum Beispiel.

Schwanger werden.

Oder eben ein Praktikum machen.

Jean Rhys schreibt in ihrem Buch *Irrfahrt im Dunkel* über die Hoffnung:

> *Die Kleider der meisten Frauen, die vorübergingen, waren wie Karikaturen der Kleider in den Schaufenstern, aber wenn sie stehen blieben, um sich die Auslagen anzusehen, merkte man, dass ihre Augen auf die Zukunft geheftet waren. »Wenn ich mir das kaufen könnte, dann wäre ich natürlich ganz anders.« Haltet die Hoffnung am Leben und man bringt alles fertig, so läuft die Welt, so halten sie die Welt in Schwung. So viel Hoffnung für je-*

den Einzelnen. Und sie haben es verdammt schlau angefangen. Aber was passiert, wenn man keine Hoffnung mehr hat, wenn einem das Rückgrat gebrochen ist? Was passiert dann?

12.

Das Einzige, was daran erinnert, dass auch hier gelegentlich Menschen unterwegs sind, ist der Asphalt, auf dem wir fahren, und ab und zu ein Schild, das vor Steinschlag warnt. Stephan, ein mürrisch wirkender Schweizer um die fünfzig, rast wie ein Wahnsinniger – eine falsche Bewegung und wir krachen in die Leitplanke. Schräg vor uns kreisen zwei Greifvögel, dann stößt einer von ihnen pfeilschnell herab.

Nach einer weiteren Haarnadelkurve liegt endlich der Staudamm vor uns. Das ist er also: eine enorm breite, leicht gebogene graue Mauer, die trotz ihrer Halbkreisform kantig anmutet. An einem vernieselten Donnerstagmorgen wie heute verirren sich keine Touristen hierher; dadurch wirkt die Aussicht eher trist. Außerdem ist das Wasser nicht so blau wie auf den Fotos, was auch am grauen Himmel liegen mag.

Bis auf das Knattern unseres Außenbordmotors ist es auf dem See still. Der leichte Nebel und die Berge umgeben ihn wie eine schalldichte Mauer. Die Ufer sind verlassen, an manchen Stellen geht das Wasser nahtlos in steilen Fels über, anderswo in Kieselstrand. An den Felswänden sind temporäre Wasserfälle entstanden. Ich werfe einen Blick auf den Damm, der sich jetzt direkt vor uns befindet. Auf dieser Seite ragt er gerade mal zehn Meter über das Wasser. Ich stelle mir vor, wie das ganze Ding, dieser Betonkoloss, in wenigen Wochen mit nur ein paar Riesenböllern dem Erdboden gleichgemacht werden wird.

Laut Stephan steht noch nicht fest, was mit dem Grund, der durch das Ablassen des Stausees gewonnen wird, passieren soll. Er findet das bemerkenswert, jeder wisse doch, dass Rückbau fast immer bedeute, etwas mit dem einzigen Ziel abzureißen, etwas Neues an seiner Stelle zu errichten. Wer mit überkommenen Werten und Traditionen abrechnen wolle, müsse erst mal eine ernst zu nehmende Alternative präsentieren.

»Warum sollte man nicht etwas abreißen können, ohne etwas Neues vorzuschlagen?«, frage ich. »Warum will man auf jeder Brache ein neues Gebäude aus dem Boden stampfen?«

»Aktion ohne Reaktion können sich die meisten nur schwer vorstellen.«

Ich nicke, Chiara und Stephan haben den Blick auf den Damm gerichtet.

Das reiß ich ab, das steht sowieso nur im Weg. Und alles, was an seine Stelle tritt, wird auch im Weg stehen. Oder: *Es war einmal ein Ereignis, und eine ganze Weile später war noch ein Ereignis, doch die beiden hatten nichts miteinander zu tun.*

Als ich wieder am Schreibtisch sitze, berechne ich den zu erwartenden Anstieg der Flusstemperatur nach dem Abriss des Damms. Ich komme auf durchschnittlich anderthalb Grad, je nach Jahreszeit und je nach Temperaturanstieg im gesamten Alpenraum in den nächsten Jahren. Stephan schickt mir eine Einladung zu einem Symposium in Mailand. Ich schreibe ewig viel Text in eine Worddatei, die ich der Form halber Praktikum.doc nenne. Mir schwirrt der Kopf vor lauter Grafiken und Tortendiagrammen, und ich nehme mir vor, dieses Wochenende was zu unternehmen.

13.

Im Ferienpark kommt eine niederländische Urlauberin auf mich zu. Sie hat eine Kapuze auf. Die Bänder sind so festgezurrt, dass ich von ihrem Gesicht nur Mund und Nase erkenne. Sie fragt, ob ich Lust habe, im Veranstaltungssaal des Parkrestaurants einen Bingoabend mitzuorganisieren. In Ermangelung einer Lostrommel hat sie Nummern auf die Rückseite von Scrabblesteinen geschrieben, die aus einem großen Topf gezogen werden sollen. Ihre Kinder werden die Bingokarten basteln.

»Sieht ganz so aus, als würde der Urlaub ins Wasser fallen«, seufzt sie. »Wir müssen uns irgendwie beschäftigen.«

Das Wetter ist nicht mehr nur Wetter, so der britische Philosoph Timothy Morton, sondern Ausdruck des Klimas. Ich bedanke mich bei der Frau und sage freundlich ab; ich habe am Wochenende eine Wanderung geplant, trotz Regen. Über/durch die matschigen Sandpfade bahne ich mir einen Weg zu meinem Bungalow. An immer mehr Stellen gibt der weggespülte Schlamm Baumwurzeln frei.

War das Wetter in der Vergangenheit eine Alltagserscheinung, ein zufälliger Umstand, der sich auch als unverfängliches Gesprächsthema eignete, hat es heute eine eigene

Brisanz. In der Vergangenheit war das Wetter ein Grund, zu Hause zu bleiben. Heute ist es ein Grund, auf die Straße zu gehen.

EINE WANDERUNG

Manchmal scheint es, als stünde die Seilbahn still, aber bei näherem Hinsehen ist sie ständig in Bewegung: Aus dem Nebel, der die Talstation einhüllt, taucht immer wieder eine neue Kabine auf.

Von oben habe ich einen guten Blick auf die vielen weiß schäumenden Wasserfälle, die hinter den großen Felsen hervorschießen und den Berg überziehen wie Blutbahnen. Zum Glück wird aus dem Regen bald Niesel und aus diesem noch mehr tief hängender Nebel. Beim Verlassen der Bergstation begrüßen mich zwei Murmeltiere; sie starren mich einen Moment erschrocken an und huschen dann hinter einen Stein.

Der Wanderweg ist mit roten, an Baumstämme genagelten Aluplaketten ausgeschildert. Die Route ist eine der beliebtesten hier, aber noch ist kein Mensch zu sehen. Nachdem ich den ersten beiden Schlammlachen noch vorsichtig ausgewichen bin, kapituliere ich und füge mich den schlechten Bodenverhältnissen. Wenn ich stramm marschiere, schaffe ich die zweiundzwanzig Kilometer noch vor Einbruch der Dunkelheit und habe außerdem Zeit für eine Pause.

Schon nach ein paar Minuten höre ich nur noch die Vögel

in den Bäumen und ab und zu ein Tröpfeln. Die Schlammspritzer reichen mir bis zu den Oberschenkeln. Hier brauche ich niemanden, sage ich laut in die Stille hinein. Der Ausblick und der Geruch nasser Tannennadeln genügen mir völlig. Zur Bekräftigung schalte ich mein Handy in den Flugmodus. Indem ich jeden Kontakt mit Robin unmöglich mache, ist die Robin in meinem Kopf fürs Erste ausreichend.

In seinem *Versuch über den geglückten Tag* schreibt Peter Handke, dass ein geglückter Tag nicht unbedingt *vollkommen* sein muss. Das vergessen wir häufig. Wie oft im Leben können wir schon sagen, dass ein Tag vollkommen war? Ein paarmal im Jahr vielleicht, und das wohl vor allem in unserer Jugend. Das sind dann die seltenen Tage, die wir als geglückt bezeichnen würden, dabei haben wir doch eigentlich einen »vollkommenen Tag« erlebt. Damit tun wir uns keinen Gefallen.

Ich bin in Gedanken bei Handkes Essay und hebe einen Ast vom Boden auf, um ihn als Wanderstock zu benutzen. Der Essay gibt keine Antworten. Ist der heutige Tag schon fast geglückt? Ich weiß es nicht. Der letzte Tag, den ich mit voller Überzeugung als geglückt bezeichnen würde, war der Tag, an dem ich mein Diplomzeugnis in Händen hielt. Wobei: An dem Abend habe ich im Theater gesessen und mir den Kopf über Atombomben zerbrochen. Im Grunde war es sogar der erste einer ganzen Reihe von Tagen, an denen ich mich verunglückt fühlte, und ich könnte nicht einmal sagen, ob diese Reihe inzwischen ein Ende gefunden hat.

Um einen Tag mit Sicherheit geglückt nennen zu können, muss nicht unbedingt etwas *glücken* oder *beglücken*. Vielleicht sind gerade die Tage geglückt, an denen nichts Bemerkenswertes geschieht (nur kleine gute oder kleine schlechte Dinge): Tage, von denen wir nichts im Gedächtnis behalten, sind nötig, um die erinnerungswürdigen Tage wie Perlen daran aufzureihen. Sie erfüllen einfach nur ihre Funktion als Tage.

Und manchmal, glaube ich, zehrt ein geglückter Tag auch von anderen, vorangegangenen Tagen, von Tagen, an denen du bei mir warst zum Beispiel, und vermutlich könnte man den Tag selbst – *zu Hause rumgehangen, Apotheke angerufen, Wäsche gemacht …* – als belanglos bezeichnen, aber weil du gestern da warst, ist heute ein geglückter Tag. Und eigentlich ist es jetzt schon eine geglückte Woche, auch wenn ich morgen Grippe kriege oder das Finanzamt will, dass ich Steuern nachzahle.

Während ich an einer Ziegenweide vorbeilaufe, stelle ich mir vor, ich hätte ein Haus irgendwo auf einem dieser Berge oder in einem dieser Täler. Ein Haus, in das ich mich jeden Sommer vor der Hektik der Stadt flüchten könnte. Ein kleines Haus, das sich groß anfühlen würde, mit einem Garten, der in Wald übergeht.

In diesem Haus würde ein Familientreffen stattfinden, das Treffen einer Familie, die viel größer ist als meine. Deiner Familie vielleicht. Denn du bist natürlich mit dabei, mit im Haus, du sitzt vor dem Kamin. Ich muss nur wissen, dass du da sitzen bleibst, bis du eindöst, mehr brauche ich gar nicht von dir. Und schon sinkst du zurück, dein Kopf ruht schwer auf zwei großen Kissen.

Nachts haben wir Sex. Die Familie, von der ich jetzt mit Gewissheit sagen kann, dass es deine ist, darf uns nicht hören. Das erregt uns. Nach dem Sex schlafen wir tief und fest; ein Schlaf, von dem wir nichts mitbekommen. Vielleicht schleichen die ganze Nacht wilde Tiere ums Haus – Füchse, Dachse, Hirsche –, doch ihre Schatten auf den Vorhängen bleiben unbemerkt.

Ist dieses Szenario nun vollkommen oder geglückt? Auch das kann mir Handkes Essay nicht verraten.

Tage, die ich mit Sicherheit für geglückt halte, sind solche, an denen es mir gelingt, meine Gedanken präzise auszudrücken, an denen ich das Gefühl habe, ganz ich selbst zu sein, vollständige Kontrolle über jeden Laut aus meiner Kehle zu haben, über jeden getippten Buchstaben. Dieses Gefühl, sich die Sprache vollständig einverleibt zu haben, könnte man »Inspiration« nennen. Es ist ein mächtiges Gefühl.

Aber wie alles Mächtige hat auch dieses Gefühl eine Kehrseite, denn Macht korrumpiert. Wer vollständige Kontrolle über seine Worte hat, wird unausstehlich, denn wer jeden seiner Gedanken, jede Bewegung, jedes geäußerte Wort für unendlich bedeutsam hält, kann den Worten anderer unmöglich auch noch Bedeutung beimessen. Daraus erwächst der Eindruck, dass man mit seinen Worten für immer allein zurückbleibt. So kann ein geglückter Tag fatale Folgen haben: Während der Inspiration entsteht das Gefühl, die Grenzen zwischen Ich und Außenwelt würden sich auflösen, und zuzulassen, dass sich die Grenzen auflösen, ist eine Sache, aber wie bekommt man sie wieder zurück? Manche Menschen kehren sich so nach innen, dass sie nur noch Formen und Farben, keine Dinge und Ereignisse mehr wahrnehmen. Es ist verrückt, wie das Gefühl, alles sagen zu können (Inspiration), zugleich die Gefahr birgt, gar nichts mehr sagen zu können.

Zurück zum Haus. Bei näherem Hinsehen blättert der Anstrich, und der Holzwurm tickt im Gebälk. Die Kissen sind vom Sofa gerutscht und liegen auf dem Boden. Du bist bei Nacht und Nebel mit deiner Familie verschwunden.

Vielleicht ist ein geglückter Tag für mich einer, an dem ich keine Angst haben muss (vor dem Verfall, vor der Rückkehr in ein leeres Zuhause), oder einer, an dem sich die *Möglichkeit* eines angstfreien Lebens auftut: Die Aussicht darauf macht einen ängstlichen Tag erträglicher. In diesem Gedicht von Robert Creeley fand ich die Ahnung dieser Möglichkeit zum ersten Mal treffend in Worte gefasst:

Robert Creeley – Ganz ohne Grund

Ich träumte letzte Nacht,
die Angst war vorbei, dass erst
der Staub kam, dann das Wasser,
und Männer und Frauen nicht mehr
allein, und alles war leis
und der Mond blasser Kreis.

So langmütig dies Loblied –
es lacht, es lacht mich aus,
und Tage breiten sich flach
über die Erde, als Dach
für Wälder, Wiesen kunt-
erblumenbunt, ganz ohne Grund.

Wenn ich es im Kopf aufsage, höre ich das langmütige Loblied. Eigentlich ist das Gedicht selbst das Lied, und dank ihm kann ich diesen Tag, an dem ich eigentlich nur in Ruhe wandern wollte und der sich doch wieder als Kampf entpuppt, ertragen. Weil das Gedicht mir erlaubt, mich selbst zu ertragen.

In Liedern wird oft das Gefühl eines geglückten Tags heraufbeschworen, in Filmen und Romanen hingegen selten. Das ist seltsam (ich würde gern darüber lesen), aber auch logisch: Ein geglückter Tag hält nicht die Art Narrativ bereit, um die es in Filmen und Romanen gehen sollte. Oder könnte man auch einen Film drehen, in dem die Hauptfigur ein paar Stunden vor Handlungsbeginn die geliebte Person gesehen hat und daraufhin wie auf Wolken durch den Tag schwebt, oder ein Buch schreiben über jemanden, der nach monatelangem Kummer endlich wieder von neun bis fünf konzentriert arbeiten kann?

Also war dein Tag der Idee, einen Versuch über den geglückten Tag zu schreiben, selber dieser geglückte Tag?, fragt sich Handke. Die Antwort lautet ohne jeden Zweifel Ja. An einem Scheißtag denkt man nicht über den geglückten Tag nach, sondern über einen vollkommenen Tag. Man stellt sich nur Fragen, die mit *Was sollte gefälligst* beginnen und nicht mit *Was ist …* Der Unterschied besteht darin, dass wir den vollkommenen Tag größtenteils selbst gestalten müssen, während der geglückte Tag uns gestaltet. Wogegen wir uns nicht wehren.

Doch was, wenn ich den Tag geglückt nenne, weil du da warst, aber du gar nicht gut für mich bist? Kannst du es denn noch werden?

14.

Während sich Stephan und Chiara auf der Fahrt zum Klimasymposium in Mailand über die Sprengung des Damms unterhalten, rechne ich auf der Rückbank mit Stift und Zettel aus, wie lange meine Ersparnisse ohne neue Einnahmen noch reichen werden. Ich komme auf etwas über vier Monate, wenn keine unerwarteten Ausgaben anfallen – irgendwann Mitte des Winters wird alles aufgebraucht sein. Ich falte den Zettel zusammen und denke über Einsparmöglichkeiten nach. Vielleicht kann ich ja mit Robin zusammenziehen, meine Wohnung untervermieten und so etwas dazuverdienen. Ich erschrecke bei dem Gedanken: Warum habe ich die Wohnung eigentlich nicht jetzt schon untervermietet?

Die Symposien, die ich im Studium besucht habe, waren alle massiv bezuschusste Veranstaltungen, die entweder in einem alten Prachtbau oder einem nagelneuen Universitätsgebäude stattfanden. Im Vergleich dazu wirkt das Haus, das wir jetzt betreten, eher schmuddelig. Die meisten Wände sind mit Plakaten mir unbekannter italienischer Pop- und Rockbands beklebt. Der Saal ist schon voll, einige müssen auf dem Boden sitzen. Um mich herum werden verschiedene Sprachen gesprochen. Dann betritt eine Frau mit einem Blätterstapel unterm Arm das Podium, ein paar Sekunden später ist es still.

»Die Klimakrise«, hebt sie an, »rührt daher, dass wir seit Jahrhunderten eine anthropozentrische Wissenschaft betreiben. Das menschliche Bewusstsein schwebt über allem als eine Art heilige Entität, der sich Dinge und Tiere unterwerfen müssen. Die westliche Wissenschaft beansprucht völlige Objektivität, fußt aber gleichzeitig auf der Vorstellung, der Mensch stehe über der von ihm verkündeten Objektivität. Obwohl wir seit Jahrhunderten wissen, dass der Mensch nicht der Mittelpunkt des Universums ist, schreiben wir uns weiterhin eine zentrale Stellung zu, einzig und allein aus dem Grund, dass wir Menschen über das nachdenken können, was um uns herum passiert, und ausdrücken können, welche Ideen dieses Nachdenken in uns hervorbringt. *Das Wasser spürt nicht, dass es wärmer wird, Eisbären sorgen sich nicht um Artenschutz, Gletscher verfolgen keine Agenda,* sagen Menschen, die es nicht schlimm finden, dass die uns umgebende Natur verschwindet. *Wir hingegen schon, also haben wir Vorrang.* Dieses Denken hat dazu geführt, dass wir uns einigen Wissenschaftlern zufolge nach dem Holozän in einem neuen Erdzeitalter befinden – dem Anthropozän, in dem der Mensch Erde und Erdklima maßgeblich und nachhaltig beeinflusst. In den viereinhalb Milliarden Jahren, seit es die Erde gibt, und in den vierhundert Millionen Jahren, seit Tiere an Land leben, ist etwas Vergleichbares noch nie vorgekommen. Das Holozän dauerte fast zwölftausend Jahre, das Pleistozän ganze zweieinhalb Millionen Jahre – wie lange wird wohl das Anthropozän dauern? Selbst wenn die Menschheit morgen ausstirbt, wird unser Einfluss auf das Klima noch Tausende, wenn nicht Hunderttausende Jahre anhalten.«

Sie hält kurz inne und blickt in den Saal. Hinter ihr ist inzwischen eine Leinwand heruntergefahren, sie zeigt ein Schaubild der Erdschichten. Dann fährt sie fort: »Obwohl unser Bewusstsein uns das Denken in Subjekten und Objekten ermöglicht, wobei die Objekte den Subjekten in aller Regel untergeordnet sind, wird immer deutlicher, wie sehr sich auch das menschliche Bewusstsein auf chemische Prozesse im Gehirn – und damit auf winzige Objekte – reduzieren lässt. Wir müssen uns endlich klarmachen, welche Konsequenzen das hat. Unsere Sonderstellung ist reine Einbildung. Das menschliche Bewusstsein zerfällt in dieselbe Art Elementarteilchen wie der Stuhl, auf dem Sie sitzen, wie die Bäume im Regenwald, wie das Plastik, das in unseren Ozeanen schwimmt.«

Ich muss die ganze Zeit auf die drei Kreise auf der Powerpoint-Folie hinter ihr gucken. *Object Oriented Ontology – OOO.* Ihr Vortrag erinnert mich wieder an die Liebe zu den Dingen, die ich als Kind empfand. Ich habe diese Liebe immer als Zeichen eines aufkeimenden Materialismus oder zumindest einer aufkeimenden Menschenscheu verstanden, vielleicht handelte es sich dabei aber einfach bloß um eine tiefe Achtung vor den Dingen in meinem Zimmer? Ich frage mich, ob sie ihre Theorie auch dadurch legitimiert, dass sie sich so hübsch in drei kleinen Nullen zusammenfassen lässt.

Der zweite Redner, ein freundlich aussehender Mann mittleren Alters, betritt das Podium. Er nimmt einen Schluck

Wasser aus einer Flasche und stellt sie vor sich auf den Boden. »Eines der Hauptprobleme mit dem Klimawandel ist, dass er so schwer zu greifen ist. Er ist überall, er lässt sich nicht isolieren, weshalb er mit herkömmlichen wissenschaftlichen Methoden nicht vollständig zu erfassen ist. Wir können ›das Klima‹ nicht unters Mikroskop legen. Politiker, die nicht daran interessiert sind, eine Lösung für das Problem zu finden, machen sich das gern zunutze. Die fehlende Greifbarkeit spielt ihnen in die Karten. Komplexität und Vagheit gehen oft Hand in Hand: Man muss sich nur die Gremien anschauen, in denen die Verantwortlichen sitzen, oder die komplizierten Finanzprodukte, die vor einigen Jahren die Weltwirtschaftskrise ausgelöst haben. Je komplexer und vager das Problem, desto schwieriger wird es, Schuldige zu finden. Folglich hat es keinen Sinn, über ›das Klima‹ zu sprechen. Denn worum geht es dabei eigentlich? In den Neunzigern hatten wir wenigstens noch das Ozonloch, darunter konnte man sich etwas vorstellen, daher haben sich viele Menschen Sorgen gemacht. Heute ist das Loch immer noch da, aber es spricht keiner mehr darüber.

Übrigens leisten auch Klimaaktivisten dieser Vagheit Vorschub. Anstatt sich zu überlegen, wie man den Klimawandel möglichst anschaulich und verständlich darstellen kann, verbreiten sie lieber Horrorszenarien. *Worauf wartet ihr noch? Ihr müsst jetzt handeln!* Oder aber: *Es ist bereits zu spät!* Diese Art Panikmache führt letztlich nur zu blindem Aktionismus und Symbolpolitik, zu lähmenden Schuldgefühlen, die sinnvollem Handeln im Weg stehen.«

Ja, denke ich, so fühle ich mich, wenn es um die Erderwärmung geht. Ich fühle mich schuldig; ich weiß nicht, wo ich anfangen soll, ich hätte schon längst anfangen sollen, und meine Schuldgefühle lähmen mich. Ich komme mir vor wie jemand, der seine Rechnungen einfach nicht mehr aufmacht – Tag für Tag landet ein neuer Brief vom Klima auf meiner Fußmatte: *Alles zu spät!*, stünde darin, würde ich ihn denn öffnen. Auf dem Esstisch stapeln sich die Briefe, bald bricht der Deich, und die Fluten werden mein Hab und Gut beschlagnahmen.

Neben mir macht Chiara sich Notizen. Um nicht ins Hintertreffen zu geraten, ziehe auch ich mein Notizbuch aus der Tasche.

»Aber wie sollen wir das Problem der Erderwärmung dann angehen?«, fährt der Mann fort, ihm steht der Schweiß auf der Stirn. »Können wir uns nicht einfach eine superschlaue technische Lösung ausdenken? Leute wie Bill Gates investieren Millionen in die Erforschung künstlicher Klimalösungen, etwa durch das Einbringen von Sulfat in die Stratosphäre. Lassen Sie mich das kurz erklären: Nach einem großen Vulkanausbruch hängt manchmal Sulfat, vulkanischer Staub, in der Stratosphäre. Der Staub reflektiert das Sonnenlicht, wodurch die Temperatur auf der Erde vorübergehend fällt. Dieses *vulkanischer Winter* genannte Phänomen trat zuletzt 1991 auf, nach dem Ausbruch des Pinatubo auf den Philippinen. Damals schwirrte so viel Feinstaub in der Stratosphäre herum, dass die Temperaturen weltweit im Schnitt um ein halbes Grad sanken. Und jetzt wird also erforscht, ob man diesen Effekt nachahmen kann. Das klingt erst mal gar nicht so blöd, hat aber einige Haken. Ein Problem ist, dass man keinen Testlauf machen kann. Es gibt keinerlei Möglichkeit herauszufinden, welche Folgen so ein globaler Eingriff hätte, ohne ihn global auszuprobieren. Das ist schon ziemlich riskant. Vulkanausbrüche schirmen zwar das Sonnenlicht ab, gleichzeitig sind sie aber auch für ihren negativen Effekt auf die Ozonschicht bekannt. Schließlich wurde der Treibhauseffekt überhaupt erst nach einem gewaltigen Vulkanausbruch festgestellt, nämlich nach dem des Krakatau in Indonesien, im Jahr 1883, also gut hundert Jahre vor dem Ausbruch des Pinatubo. Und selbst wenn die künstliche Vulkanasche den gewünschten Effekt haben sollte: Wir könnten nie wieder damit aufhören. Andernfalls würde der gesamte Temperaturanstieg, den man mühsam verhindert hat, auf einen Schlag geschehen – mit dramatischen Folgen. Anderswo wird daran geforscht, ob man reflektierende Teilchen in den Ozeanen verteilen könnte, damit mehr Sonnenlicht reflektiert wird, oder ob man Wüsten weiß streichen könnte. Ja, Sie haben richtig gehört: Wüsten weiß streichen.«

Empörtes Raunen geht durch den Saal. Mein Handy vibriert in der Tasche, eine Nachricht von Robin. »Promovieren ist wirklich das Grausamste, was sich ein Mensch antun kann.« Die Betreuerin hat das erste Kapitel ihrer Diss komplett auseinandergenommen. Ich schreibe zurück, dass ich sie so schnell wie möglich anrufen werde, und richte meine Aufmerksamkeit wieder auf das Podium.

»Geoengineering ist also keine Lösung für das Problem, sondern lediglich ein weiterer Beleg für die menschliche Arroganz, die diesem Problem zugrunde liegt. Anstatt auf die Wunder der Technik zu hoffen, die uns in Zukunft vor dem Klimawandel retten werden, müssen wir zuallererst aufhören, alles Nicht-Menschliche als minderwertig zu betrachten. Wer gegen den Klimawandel kämpft, weil er die Menschheit um jeden Preis retten will, übersieht, dass uns gerade dieses Der-Mensch-über-alles-Denken das Problem überhaupt erst eingebrockt hat. Daneben gilt es zu begreifen, dass auch der Klimawandel – so komplex und vage er sein mag – ein Objekt ist. Ein Objekt, das imstande ist, uns alle zu vernichten.«

15.

Naomi Klein:

Vielleicht liegt ja der Grund dafür, dass viele passiv bleiben, gar nicht darin, dass wir zu selbstsüchtig wären, um uns um ein abstraktes, scheinbar abgelegenes Problem zu kümmern; vielleicht handeln wir ja deshalb nicht, weil wir zutiefst von unserer Sorge überwältigt sind? Könnte es nicht sein, dass wir uns nicht deshalb still verhalten, weil wir mit der Situation einverstanden sind, sondern deshalb, weil es uns an kollektivem Raum fehlt, in dem wir den brutalen Schrecken des Ökozids bloßlegen könnten? Das Ende der Welt, wie wir sie kennen, sollte jedenfalls niemand ganz auf sich allein gestellt erleben.

16.

»Hängst du schon wieder am Handy, Ida?«, fragt mich Chiara auf der Rückfahrt. Stephan ist in Mailand geblieben. Ich habe Hunger und will vorschlagen, dass wir an einem Rasthof haltmachen, aber dann fällt mir ein, dass sich das mit Chiaras Veganismus nicht vertragen dürfte.

»Ich versuche, mit Freunden zu Hause Kontakt zu halten«, antworte ich. Dabei haben meine Freunde zu Hause fast alle eine Abwesenheitsnotiz eingerichtet, weil sie gerade an irgendeinem asiatischen Strand brutzeln oder auf einem Roadtrip durch Osteuropa kurven. Carl hat zwei Fotos von dem Haus in den Ardennen gepostet, wo er mit seinen Freunden Urlaub macht. Auf dem einen ist ein Weinkeller zu sehen, auf dem anderen ein riesiges Himmelbett. Etwas weiter oben ein Post von meiner Mutter. Sie fragt ihre Freunde, allesamt pensionierte Hippies wie sie, wo die schönsten Fleckchen Ibizas zu finden sind. Dann poppt eine Nachricht von Robin auf. Sie dankt mir, jetzt habe sie schon jemand anders angerufen, um sich aufheitern zu lassen.

»Nur noch knapp ein Monat«, sagt Chiara, »dann werden wir die natürliche Ordnung wiederhergestellt haben.«

17.

In Büchern und Filmen wird die Liebe oft als etwas Großes, Mitreißendes und Unendliches dargestellt. Eine Frau tritt auf (meist trägt sie ein Kleid, im Allgemeinen ist das Kleid rot), schüttelt ein paarmal ihr Haar, bestellt ein Getränk an der Bar, steckt sich mit etwas Glück einen Zigarillo an, und zwei Wochen später haben sie und die Hauptperson (die im Buch, anders als im Film, der Frau rein äußerlich meist nicht das Wasser reichen kann) ihr altes Leben aufgegeben, um für immer zusammenzusein. Anschließend bricht ein Krieg aus, das Kreuzfahrtschiff, auf dem sich das Paar befindet, geht unter, oder eine Kolonne mordlustiger Aliens landet auf der Erde, wodurch die Liebe der beiden auf eine harte Probe gestellt wird. Natürlich ist die Liebe am Ende stark genug, auch wenn einer von beiden manchmal vorzeitig den Löffel abgibt.

Die Realität ist anders. Die Realität besteht aus einem endlosen Hin und Her von missverstandenen Textnachrichten. Die Realität ist, dass so ein rotes Kleid nur sehr wenigen Menschen steht und dass es ziemlich viel verlangt ist, sein Leben für jemanden, den man gerade mal seit ein paar Monaten kennt, einfach so über den Haufen zu werfen, und trotzdem erwarten wir das voneinander (tja, unsere ersten

Dates fanden im Kino statt, bei genau solchen Filmen …), weshalb wir noch viel mehr Nachrichten verschicken, die wieder nicht verstanden werden. Die Realität ist, dass du wahrscheinlich nicht noch mal unter Deck rennen würdest, um mich zu suchen, du bist ja nicht verrückt, du sitzt längst im Rettungsboot, während ich es ganz bestimmt nicht mit den Aliens aufnehmen werde, die dich soeben in ihr Raumschiff gezerrt haben. Ich lasse Pfeil und Bogen zu Hause und tauche ab.

Idee: Ein Film mit einem ungleichen Streit, bei dem eine Person dichtmacht, aus dem Bild stürmt oder einfach in lautes Gelächter ausbricht. Oder, mal so dahingesponnen, eine Szene, in der jemand ausrastet, bloß weil er unterzuckert ist; mehr steckt gar nicht dahinter.

ÜBER DIE KREISBEWEGUNGEN DER HIMMELSKÖRPER

In Leopardis Lehrstück *Kopernikus* beginnt die Erste Stunde des Tages (sagen wir acht Uhr morgens) ein Gespräch mit der Sonne. Die Sonne, ein missgelaunter Riesenball aus Licht, hat an diesem Tag keine Lust, sich noch länger um die Erde zu drehen. Für die »Figuren« in diesem Lehrstück ist die Erde nämlich buchstäblich der Mittelpunkt schlechthin: Jahrhundertelang hat uns die Sonne auf ihrer Bahn umrundet. Aber jetzt ist sie es leid, sie streikt.

> Sonne: *Ich habe es satt, mich ständig so im Kreis zu bewegen, bloß um ein paar elenden Wichten den Tag zu erhellen, die auf einer Handvoll Dreck leben, so klein, dass ich, obwohl ich gute Augen habe, sie gar nicht sehen kann. Daher habe ich heute Nacht beschlossen, mich nicht weiter damit abzuplagen, und wenn die Menschen es hell haben wollen, sollen sie doch ihre Feuer brennen lassen oder sich sonst wie behelfen.*

Die Erste Stunde des Tages, die Stunde der Morgendämmerung, ist ratlos. Wenn die Sonne keine Lust mehr hat aufzugehen, gerät auch die Erste Stunde in Gefahr: ohne Sonne kein Sonnenaufgang, ohne Sonnenaufgang kein Tagesanbruch. Irgendwann befiehlt die Sonne der Letzten Stunde des Tages, sich auf die Erde hinab zu begeben und den ein oder anderen Wissenschaftler davon zu überzeugen, etwas zu unternehmen, damit sich die Erde fortan um die Sonne dreht. Hört die Sonne auf, sich zu bewegen, muss sich halt die Erde in Bewegung setzen, andernfalls wird die eine Erdhalbkugel von nun an in ewiger Finsternis leben, während es auf der anderen ewig Tag ist. Die Sonne hält das für eine wunderbare Lösung und bleibt erst mal gemütlich sitzen.

Der Wissenschaftler, den die Letzte Stunde des Tages anschließend aufsucht, ist der Pole Nikolaus Kopernikus, der schon längst gemerkt hat, dass die Sonne nicht pünktlich aufgegangen ist. Er macht sich Sorgen und reist zu ihr, um von ihr erhellt zu werden. Er äußert die Befürchtung, die Menschen auf der Erde könnten überhaupt keine Lust dazu haben, ihre Rolle als Mittelpunkt aufzugeben. Deshalb bezweifelt er auch, irgendetwas bewirken zu können. Vielleicht, wenn er Herkules oder ein Rasender Roland wäre, aber er sei ja nur ein schwacher Kanoniker …

Sonne: *Was macht das schon? Erzählt man nicht von einem eurer antiken Mathematiker*, dass er gesagt habe, wenn man ihm einen Ort außerhalb der Welt gäbe, wo er stehen könnte,*

---

* Leopardi verweist hier auf Archimedes, der behauptete, dass er von einem festen Punkt außerhalb der Erde und mit einem extrem langen Hebel die Erde im Nu von ihrer Bahn abbringen könnte. Heute versteht man unter einem *archimedischen Punkt* den Standpunkt eines Außenstehenden, einen Punkt, von dem aus man etwas zur Gänze betrachten kann, wobei gilt: Abstand schafft Unabhängigkeit. Ein göttlicher Standpunkt, von dem aus man eigentlich in der Lage sein müsste, universelle Aussagen über die Welt zu treffen. Aber universelle Aussagen zu treffen, ohne selbst zu dieser Universalität zu gehören, dürfte dann doch recht schwierig sein.

traue er sich zu, Himmel und Erde aus den Angeln zu heben? Nun sollst du ja nicht den Himmel bewegen und befindest dich hier an einem Ort außerhalb der Erde. Wenn du also nicht ungeschickter bist als jener Alte, musst du sie ja wohl bewegen können, ob sie will oder nicht.

Kopernikus kann sich noch so anstrengen, so viele Argumente anführen, wie er will – die Sonne kann sie alle widerlegen. Sein letztes Argument lautet, er fürchte, verketzert zu werden. Als Priester weiß er nur zu gut, was für Konsequenzen es haben kann, dem biblischen Weltbild zu widersprechen. Doch die Sonne bleibt standhaft und sagt voraus, Kopernikus werde nicht in Schwierigkeiten geraten, sie rät ihm, das Buch, das er zu diesem Thema schreiben wird, dem Papst zu widmen. Damit endet der Text, und der Leser weiß: Von nun an wird sich die Erde um die Sonne drehen.

Und tatsächlich hat Kopernikus sein Buch *Über die Kreisbewegungen der Himmelskörper* dem Papst gewidmet, um das Risiko einer Exkommunikation zu verringern. Er konnte ja nicht ahnen, dass er nur deshalb nicht verketzert werden würde, weil er am Tag nach Erscheinen seines Buches sterben würde. Anders als Galileo Galilei rund hundert Jahre später musste Kopernikus nie für sein Gedankengut büßen.

In Leopardis Lehrstück findet die Sonne eine praktische Lösung für den Geozentrismus der Erde: Sie zwingt die Erde, ihre zentrale Rolle aufzugeben, und damit hat sich's. In Wahrheit dauerte es natürlich sehr viel länger, bis Kopernikus' Entdeckung akzeptiert wurde. Erst 1835 wurde sein Werk von der katholischen Kirche von der Liste verbotener Bücher gestrichen.

Außerdem bedeutete das Ende des Geozentrismus nicht auch das Ende des *Ego*zentrismus. Selbst als sich die Menschheit als Ganzes nicht mehr für den Mittelpunkt des Universums hielt, hörten die Menschen nicht auf, sich sehr wohl für den Mittelpunkt ihres Universums zu halten. Jede und jeder ist auf ewig zum Egozentrismus verdammt, ganz einfach, weil jede und jeder der Mittelpunkt ihrer oder seiner Welt ist. Es ist unmöglich, die Welt mit den Augen eines anderen zu betrachten, so einfühlsam man auch sein mag.

Die Entdeckung, dass die Erde nicht der Mittelpunkt des Universums ist, dürfte mit Sicherheit Panik ausgelöst haben: Auf einmal wurde der Mensch von der Haupt- zu einer bloßen Nebensache. Außerdem warf das jede Menge neue Fragen auf: Wo endet das Universum eigentlich? Gibt es einen anderen Mittelpunkt? Gibt es Gott überhaupt? Die Antworten darauf blieb das Universum schuldig.

Das ewige Schweigen dieser unendlichen Räume macht mich schaudern, schrieb Blaise Pascal in seinen *Gedanken*. Ein Satz, der mir fast täglich durch den Kopf geht. Vermutlich, weil ich ihn so gut nachvollziehen kann, auch wenn er fast vierhundert Jahre alt ist. Ich finde es manchmal schon beängstigend, durch eine stille Straße zu gehen – wie muss sich da erst Pascal angesichts eines neu entdeckten, unendlich großen und schweigenden Universums gefühlt haben?*

---

* Die Vorstellung von einer ewigen, unendlichen Stille faszinierte auch Leopardi, nur dass diese Stille ihm zufolge nicht durch die Existenz eines unendlich großen Universums, in dem einem niemand antwortet, verursacht werde, sondern durch die mögliche Abwesen-

Nachdem Kopernikus den Beweis erbracht hatte, dass der Mensch nicht der Mittelpunkt des Universums ist und deshalb höchstwahrscheinlich auch nicht Gottes Augapfel, musste man sich dringend etwas ausdenken, um die dadurch verursachte Angst zu lindern und die Ausnahmestellung des Menschen auf der Erde doch noch irgendwie zu gewährleisten. *Mag sein, dass wir nicht im Mittelpunkt stehen, aber dafür sind wir etwas ganz Besonderes!* Aufgrund der naturwissenschaftlichen Erkenntnisse (*wer kann da schon mit uns mithalten?*) schöpfte man neuen Mut.

Auf diese Weise richtete sich die Aufmerksamkeit auf das menschliche Bewusstsein: Indem sie sich auf das konzentrierte, was Mensch und Tier voneinander unterscheidet, und es zum obersten Prinzip erhob, konnte sich die Menschheit erneut zu ihrer Ausnahmestellung beglückwünschen. Der Erfolg von Descartes, der die Existenz des individuellen Bewusstseins nachwies, das ihm zufolge für den Wissenserwerb unerlässlich ist, dürfte aus meiner Sicht alles andere als ein Zufall sein. Laut Descartes sind Tiere nichts weiter als Maschinen. Tiere, so behauptete er, hätten keine Seele und keine Gefühle, sie wären so etwas wie Automaten. Spätere Philosophen schrieben Tieren dann zwar durchaus ein Bewusstsein zu, aber kein *Selbst*bewusstsein: das Bewusstsein, ein Bewusstsein zu haben.

---

heit von allem – auch vom Universum. Außerdem hatte Leopardi keine Angst vor dieser Stille, sondern betrachtete sie als Ideal. Weil er fand, dass alles schlecht ist (»*Wo aber alles schlecht ist, kann das Gute nur in dem liegen, was nicht ist, im Nicht-Sein.*«), war unendliche Stille für ihn das Ideal schlechthin. Stille war für ihn also im besten Fall nicht die Abwesenheit von Geräuschen, sondern das Nichtvorhandensein von allem, was Geräusche verursachen könnte.

Descartes' *cogito ergo sum* (Ich denke, also bin ich) ermöglichte erst die Unterscheidung zwischen Subjekt und Objekt, die der gesamten darauf folgenden westlichen Philosophie und Wissenschaft zugrunde liegt. Das Einzige, von dem ich weiß, dass es besteht, ist dasjenige in mir, das denkt, so Descartes. Diese »denkende Substanz« nannte er Geist, etwas, das ihm zufolge vollkommen losgelöst vom Körper sei. Der Geist sei immateriell und die Domäne des Bewusstseins, der Körper hingegen materiell und den Objekten zugehörig. Erst der Geist sei es, der uns zu Menschen mache und der wahrnehmen und darüber nachdenken könne, was in der Welt der Objekte geschieht.

Der kartesische Dualismus zwischen Subjekt und Objekt hatte weitreichende Folgen: Er sorgte beispielsweise dafür, dass sich der Mensch nicht länger als Teil der Natur betrachtete. Die Natur, das war das Reich der Objekte. Und dem Menschen, diesem Kulturwesen, das neben einem Körper auch einen Geist besaß, stand es frei, diese zu erkunden und zu beherrschen.

Aber was bedeutete das, die Wirklichkeit, so wie sie ist, zu erkunden? Darüber wurde viel diskutiert. Was führt dazu, dass wir einen Baum als Baum wahrnehmen können? Der Baum selbst, durch seine bloße Existenz, sollte man meinen. Man könnte aber auch sagen, dass ein Baum nur deshalb ein Baum ist, weil der Mensch ihn als solchen wahrnimmt, und in diesem Fall ist es der Mensch, der den Baum erst zum Baum macht. Der Baum zeigt sich uns auf eine ganz bestimmte Art und Weise, und wir erkennen an ihm die Merkmale, die uns dazu befähigen, das, was wir sehen, als »Baum« zu bezeichnen.

Es war Immanuel Kant, der in seiner *Kritik der reinen Vernunft* zum ersten Mal etwas Derartiges schrieb. Man hatte immer wieder vergeblich versucht, ein Wesen oder eine Bedeutung *in* den Dingen zu finden, die diese jedoch nicht preisgaben. *Wir brauchen eine Revolution der Denkart und müssen davon ausgehen, dass die Bedeutung im Kopf des Menschen sitzt!*, schlussfolgerte Kant. Das Bewusstsein verleiht den Dingen Bedeutung: Auch wenn diese Dinge unsere Sinne mit Informationen versorgen, ist es das menschliche Bewusstsein, das der uns umgebenden Welt einen Sinn zuschreibt, in dem es diese Informationen anhand unserer Vorstellungen von Raum, Zeit und Kausalität verarbeitet. Objekte liefern nur das Material, das Bewusstsein nimmt es auf, ordnet und begreift es. Heute ist das eine gängige Vorstellung, zu Kants Zeiten jedoch war es radikal: Bis dahin hatte man das Bewusstsein eher als eine Art Sammelkorb betrachtet, in den man die Objekteigenschaften legen konnte. Kant selbst nannte das seine kopernikanische Wende.

Aber anders als Kopernikus bewirkte Kant damit, dass sich der Mensch noch wichtiger nehmen konnte als zuvor. Die Aussage, dass der Natur ausschließlich in Abhängigkeit vom Menschen eine Bedeutung zukommt, gab dem Menschen die Möglichkeit, eben diese Natur als minderwertig zu betrachten. Mit dem Ergebnis, dass wir uns einbilden, die Objekte würden uns gehören: ein Stück Land, die Regenwälder, Erdöl ... Sie haben nur für uns eine Bedeutung, deshalb dürfen wir mit ihnen machen, was wir wollen.

Anhänger der objektorientierten Philosophie sagen deshalb: Die durch Kants kopernikanische Wende gestützte menschliche Arroganz ist eine der Ursachen für die massive Umweltverschmutzung und den Klimawandel, mit denen wir jetzt zu kämpfen haben. Eine Arroganz, die von den Erfolgen in den Naturwissenschaften nur noch verstärkt wurde: Auf einmal schien alles machbar (irgendwann gelang es sogar, Atomkerne zu spalten – der ultimative Beweis für Machbarkeit und menschliche Dominanz). Und der Impuls, den Klimawandel als Erstes mit einer raffinierten technischen Lösung bekämpfen zu wollen, zeigt deutlich, dass diese Arroganz kein bisschen nachgelassen hat.

Um diesem Problem zu begegnen, müssten wir den Unterschied zwischen Kultur und Natur aufheben, so der französische Philosoph Quentin Meillassoux. Die sich daraus ergebende Welt nennt er *The Great Outdoors*; es ist eine Welt, in der das menschliche Bewusstsein keine Rolle oder zumindest keine Schlüsselrolle mehr spielt. In *The Great Outdoors* sind Mensch und Natur gleichwertig. Zum einen erkennt man dadurch an, dass Objekte nicht auf den Menschen angewiesen sind, um wirkungsvolle Beziehungen zueinander einzugehen (man denke nur an einen Baum, der vom Blitz getroffen wird, oder eine Insel, die durch ein Seebeben verschwindet), zum anderen, dass auch das menschliche Bewusstsein auf Objekte (Neuronen, Atome, Quarks) reduzierbar ist. In *The Great Outdoors* hat alles, auch das Menschengemachte und der Mensch selbst, eine Bedeutung an sich und nicht nur aufgrund des Menschen, der sie mithilfe von Sprache oder Wissenschaft zuschreibt. Das Ergebnis ist eine hierarchiefreie Welt. Diese Gleichstellung von Mensch und Natur könnte unter anderem dazu führen, dass auch bestimmte Objekte Rechte bekommen. Man versucht heute schon, etwas Derartiges für die

Regenwälder in Südamerika zu erreichen, und in Neuseeland gibt es seit Kurzem einen Fluss, der Rechte besitzt. Wer weiß, vielleicht bekommen Tiere und Pflanzen eines Tages auch das, was wir heute noch »Menschenrechte« nennen.

Um sich etwas unter einer Welt vorstellen zu können, in der Menschen nicht wichtiger sind als alles andere, könnte man sich ausmalen, was wohl mit der Erde passieren würde, sollte die Menschheit plötzlich verschwinden. Genau das macht Alan Weisman in seinem Buch *Die Welt ohne uns*. In einer Welt ohne Menschen passiert alles Mögliche. Meillassoux wiederum malt sich die Erde vor der Entstehung des Menschen aus: Wie sah die Wirklichkeit aus, bevor es die Menschheit gab? Und was können wir daraus lernen?

Es fällt uns nicht leicht, uns unsere Umwelt als Ort vorzustellen, zu dem wir uns nicht irgendwie sinnstiftend verhalten müssen. Zuzulassen, dass Objekte ein Eigenleben führen, wirkungsvolle Beziehungen zueinander oder zu sich selbst eingehen, bedeutet auch, sich einzugestehen, dass es eine Welt gibt, auf die wir keinen Einfluss und über die wir somit auch keine Kontrolle haben. Sich einzugestehen, dass nicht alles machbar ist. Für ein Lebewesen, das sich seit Jahrhunderten über alles erhaben glaubt, ist das eine unangenehme Erkenntnis.

Der Welt ist es doch egal, wenn sie vor die Hunde geht, sagen Klimaskeptiker, *also dürfen wir machen, was wir wollen*. Aber es war der Welt schon immer egal. Genau wie die Sonne in Leopardis Lehrstück würde die Erde auf uns herabschauen, wenn sie nur könnte. Denn ohne die Welt sind wir nichts. Die Welt aber kommt bestens ohne uns zurecht.

Der letzte Gedanke ist beängstigend, genauso beängstigend wie die Vorstellung, dass unsere Erde nicht das Zentrum des Universums ist, ja, es niemals war. Und diese Angst ist vielleicht auch der Grund dafür, dass viele Menschen den Klimawandel nicht ernst nehmen. Natürlich kann man in der Tatsache, dass der Mensch es geschafft hat, sein Lebensumfeld beinahe zugrunde zu richten, auch einen Beweis dafür sehen, wie mächtig wir durchaus sind (wir können jetzt sogar das Klima beeinflussen!). Doch dann müssen wir uns auch eingestehen, dass wir ein Problem verursacht haben, für das wir unter Umständen keine Lösung haben.

Und daher: Angst. Niemand möchte ohnmächtig sein. Wer ohnmächtig ist, ist bedeutungslos. Angenommen, man wäre der letzte Mensch auf Erden, der letzte traurige Kartesianer, der vor dem Kaminfeuer sitzt: Egal, was man sich ausdächte – es spielte für niemanden mehr eine Rolle. Das würde einen ziemlich einsam machen, denn was ist Einsamkeit anderes als die traurige Erkenntnis, dass man niemandem etwas bedeutet? Nichts flößt uns so viel Angst ein wie die Aussicht, unbedeutend zu sein.*

Letztlich ist die Menschheit als Ganzes ebenso einsam. Es macht uns fertig, dass uns niemand antwortet, dass die verdammten Objekte nichts mit der Bedeutung anfangen, die

* Kierkegaard schrieb, dass wir solche Angst vor Einsamkeit haben, dass wir sie nur als Strafe für Verbrecher zu gebrauchen wissen.

wir ihnen andichten, dass wir bis heute keine Tiere haben sprechen hören – abgesehen vielleicht von dem schrillen Kreischen, das in unseren Schlachthöfen widerhallt, aber nicht mit Worten, nicht mit einer Lösung für die Dinge, die uns schon so lange beschäftigen. Sogar der Himmel ist leer. Darum schotten wir uns ab, indem wir die gesamte schweigende Natur um uns herum vernichten, wie ein verzweifelter Liebender, dessen SMS einfach nicht beantwortet werden und der sich deshalb in der Kneipe besäuft.

Das ewige Schweigen dieser unendlichen Räume macht mich schaudern.

Schaff dir einen Hund an, würde man Pascal gern raten. Mach einen Spaziergang. Aber Pascal schafft sich lieber ein neues Auto an, ein superflaches Handy und Anteile an Firmen, die künstliche Vulkanasche herstellen.

Mir macht es Spaß, über all diese Philosophen nachzudenken, über Leute wie Leopardi, Kant und Kopernikus, über ihr Leben und ihre Wut, ihre Angst und ihr Staunen. Aber in letzter Zeit wird mir zunehmend klar, dass die Geschichte ebenso sehr eine Geschichte der Dinge wie eine Geschichte der Menschen ist. Äpfel, die von Bäumen fielen und gegessen wurden oder verfaulten, Berge, die im Winter unter einer dicken Schneeschicht lagen, Schwerter, die Könige töteten, Atombomben, die explodierten, riesige Schiffe, die einen neuen Kontinent erreichten oder auch nicht, fröhlich wehende Flaggen, Überschwemmungen, Getreidekörner und Grabsteine.

18.

Auf dem Weg zum Flughafen, wo ich Robin abhole, mache ich kurz Halt im nächstgrößeren Ort, um ein paar Flaschen guten Wein zu kaufen. Wann ein Wein gut ist, weiß ich nicht, deshalb kaufe ich den teuersten, den ich mir leisten kann. Weil es zum x-ten Mal anfängt zu schütten, flüchte ich mich zwischen Weinladen und Auto in eine Kirche. Ich stolpere über die Schwelle, kann mich aber gerade noch fangen.

Ich betrachte die Holzbänke und die dunklen Bleiglasfenster. Es riecht nach feuchtem Stein und Schimmel. So schwer wie es mir beim Anschauen eines alten Schwarz-Weiß-Films fällt, mir vorzustellen, dass die Welt um 1900 ganz normal bunt war, fällt es mir auch, mir vorzustellen, dass man in der Renaissance nicht an jeder Straßenecke den Geruch von jahrhundertealten Kirchen wahrnahm, sondern den von nagelneu verputzten. Mein Handy meldet, dass Robins Flug eine Stunde Verspätung hat.

Überall in der Kirche stehen Tische mit Kerzen. Nur eine brennt. Das einzige Geräusch, das ich wahrnehme, ist das leise Prasseln des Regens gegen die großen Fenster. Und die einzige Person außer mir ist eine Putzfrau, die mitten unter der Vierung den Steinboden schrubbt. Wo sie gerade gewischt hat, glänzt der Marmor. Ich setze mich in eine der Kirchenbänke und schaue mich um. Die Heiligen auf den Fresken bilden eine lange Polonaise aus eingekreisten Köpfen.

Hinter dem Altar, etwa drei Meter über dem Fußboden, gibt es eine Orgel. Das Instrument wirkt verwahrlost, so als käme nur ein Ächzen und Quietschen heraus, sollte jemand eine Taste drücken. Dabei hört sich Orgelmusik in einer Kirche eigentlich am schönsten an: Der durch die hohen Decken erzeugte Widerhall verleiht den Klängen eine zusätzliche Dimension. Die hohen Töne bilden die Melodie, die einem aus allen Ecken der Kirche ins Ohr dringt, während es sich so anfühlt, als wären die tiefen Töne, diejenigen, die der Organist mit den Füßen spielt, auch für Menschen wahrnehmbar, die nicht hören können. Mit anderen Worten: für jene, die unter dem Kirchenfußboden begraben liegen. Macht man sich bewusst, dass man in dem Moment, in dem die Kirchenorgel ihre Register zieht, von Leichen umgeben ist, bekommt die Musik eine ganz neue Brisanz. Im Vergleich zur Fußarbeit klingen die hohen, von Hand gespielten Töne naiv – im Vergleich zu den Toten klingen die Lebenden ungeerdet und hysterisch.

Die schönste Orgelmusik haben Bach und Händel geschrieben, die im Abstand von einem Monat geboren wurden. Händel in Halle, Bach in Eisenach (andersherum würde es längst nicht so gut klingen). Nur zwei Autostunden voneinander entfernt, hätte es damals schon Autos gegeben.

19.

Als ich auf den Parkplatz einbiege, sehe ich Robin schon von Weitem vor der Ankunftshalle stehen. Sie raucht eine Zigarette und trägt einen langen Rock, darüber eine dunkelblaue Regenjacke. Es ist schön, ihren Körper wieder leibhaftig vor mir zu haben. Wir umarmen uns lange, dann werfe ich ihr Gepäck auf den Rücksitz. Es dauert eine Weile, bis der Wagen anspringt, und ich werde rot.

An diesem Abend hole ich uns Pizza vom Restaurant des Ferienparks. Robin erzählt mir, dass sie zu einer Konferenz eingeladen wurde, um einen Vortrag zu halten. Sie möchte das Angebot annehmen, aber nur, wenn die Betreuerin ihr nicht weitere Kapitel um die Ohren haut. Ich nehme einen Bissen von meiner Quattro Stagioni und mir fällt ein Stück Artischocke auf die Hose. Nach anderthalb Stunden sind die beiden Flaschen Wein, die ich gekauft habe, leer.

Robin zeigt auf den Stapel Notizhefte, der neben dem Bett auf dem Boden liegt.

»Was ist das?«

»Ich hab in den letzten Wochen so einiges aufgeschrieben«, erwidere ich und schiebe die Hefte mit dem Fuß unters Bett. Robin zieht ihren Rock aus und sinkt auf die Matratze. »Lass uns morgen was Schönes unternehmen«, sage ich, während ich mich an ihren nackten Körper schmiege. »Worauf hast du Lust? Wir könnten eine Kanutour machen?«

Mitten in der Nacht werde ich wach. Ich hatte einen Traum, in dem Tausende, vielleicht sogar Zehntausende Lachse das Besucherzentrum des Forschungsinstituts besetzten, weil sie überhaupt keine Lust dazu hatten, nach der Beseitigung des Dammes erneut tun zu müssen, was Lachse eben so tun: tagelang gegen den Strom schwimmen, nur um sich irgendwo hoch oben in den Bergen fortzupflanzen. Erst wollte die Regionalregierung den Damm nach und nach abreißen, statt ihn zu sprengen. Laut Stephan ist Sprengen deutlich billiger, aber er befürchtet, die Tiere in der Umgebung könnten durch den Knall noch wochenlang verstört sein. Auf einmal frage ich mich, ob die Tiere überhaupt Wert darauf legen, dass wir den Damm beseitigen. Was, wenn sie sich gern einschränken lassen? Wenn Tiere ein Bewusstsein haben, können sie dann auch am Stockholm-Syndrom leiden?

20.

Der Kanuverleih befindet sich an einem breiten Flussstrand, der in sonnigeren Sommern ein beliebter Erholungsspot sein dürfte. Hier und da leere Getränkedosen und verwitterte Wein-Tetrapaks. Der Kanuvermieter, ein kleiner, muskulöser Mann um die dreißig, hat diese Saison schlechte Geschäfte gemacht. Robin antwortet auf Italienisch, dem sich daraus ergebenden Gespräch kann ich nicht folgen. Der Mann begleitet uns zu einem Schuppen mit Kanus (sowie Motorbooten, Anglerbedarf, Schwimmwesten) und zeigt auf ein gelbes Zweipersonenkanu. Irgendwie finde ich, dass Kanus gelb sein müssen, auch wenn ich mich nicht daran erinnern kann, je in einem gelben Kanu gesessen zu haben. Von daher bin ich zufrieden.

Der Fluss ist nicht nur tiefer, sondern auch breiter und wilder als normal. Deshalb schaukeln wir die ersten hundert Meter angespannt stromabwärts, bis der Schuppen hinter uns aus dem Blickfeld verschwunden ist und wir uns der Strömung überlassen. Die Sonne ist rausgekommen, und ich genieße das Rauschen des Wassers, die Berge, die links und rechts neben Robin und mir emporragen, die Hänge voller Blumen und Vögel. Die zwei Muttermale in Robins Nacken starren mich an, darüber beginnt der Flaum, der bis zu dem Storchenbiss an ihrem Hinterkopf reicht. Vom Paddeln wird uns warm, und wir ziehen die Jacken aus. Im Laufe des Vormittags werden die Wanderer entlang der Route immer mehr, wir fahren an vollen Stränden vorbei. Wo kommen die auf einmal bloß alle her, wo waren die in all den Wochen?

Es ist eine anstrengende Tour; wir müssen uns erst an die neue Fortbewegungsart gewöhnen. Ab und zu stemmt eine von uns ein Paddel gegen die Felswand, um zu verhindern, dass wir kentern. Wir fahren unter einem überhängenden Baum durch und verheddern uns in langen Lianen. Vorsichtig zupfe ich sie mit der einen Hand aus Robins Haar, während ich mit der anderen mein Gesicht vor den belaubten Tentakeln schütze.

»Warum mussten wir unbedingt ein Zweierkanu nehmen? Zwei Einer wären einfacher gewesen, du paddelst ständig im falschen Rhythmus.«

»Du warst doch auch dabei«, erwidere ich. Ich lehne mich nach rechts, um nicht das Gleichgewicht zu verlieren, wodurch Robin beinahe über Bord geht.

»Mit zwei Kanus hätten wir uns wenigstens gegenseitig retten können.«

Kurz darauf beruhigt sich der Fluss. Eigentlich müssen wir kaum mehr tun als still sitzen und uns vom Wasser mitführen lassen. Wir schweigen. Aus beginnender Langeweile reiße ich hier und da ein Blatt von einem überhängenden Ast. Gegen Mittag legen wir an; ich hole eine Papiertüte mit Brot aus meiner Tasche und setze einen Fuß an Land.

»Ich glaube, wir sollten uns trennen.« Robin flüstert es, doch ich habe sie deutlich gehört.

»Wie bitte?« Ich verliere das Gleichgewicht, stütze mich mit dem Paddel, das ich nach wie vor in der Hand halte, am Ufer ab.

»Ich hab mich in jemand anders verliebt«, sagt sie, jetzt lauter. Um mich nicht ansehen zu müssen, konzentriert sie sich auf das Kanu, das wir gemeinsam versuchen, ans Ufer zu ziehen.

Ich fange an zu weinen.

»Und jetzt willst du mit ihr zusammensein?« Um sicherzugehen, frage ich es doch.

21.

Ein anschwellendes Geräusch ertönt, als hätte jemand eine CD mit Meeresrauschen aufgelegt. Robin nimmt einen kleinen Schluck Apfelsaft und schaut zu Boden. Ihr fällt eine Locke vor die Augen, mit ihrer freien Hand streicht sie sie zurück. Es ist schwer zu erkennen, ob sie weint oder nicht.

»Es tut mir leid«, sagt sie.

Ich starre auf mein Panino. Der Mozzarella ist warm geworden und hat sich einen Weg durch die Kruste gebahnt. Das Brot wirkt irgendwie kränklich.

»Nein«, sage ich zögernd. »Mir tut es leid.« Ich atme tief durch. »Kann es nicht doch noch was werden mit uns?«

Robin schüttelt den Kopf.

»Ich denk auch nie mehr nur an mich.«

Sie schaut noch immer zu Boden. Hinter ihr nähert sich ein Kanu, junge Eltern mit zwei kleinen Kindern zwischen den Beinen. Eines der Kinder scheint etwas zu schreien, aber aus seiner Kehle kommt kein einziger Laut.

»Wie heißt sie?«, frage ich. Meine Stimme geht in dem Rauschen unter, das immer weiter anschwillt, als drehte irgendwo jemand am Lautstärkeregler. Vielleicht existiert das Geräusch auch nur in meinem Kopf, vielleicht bin ich endlich verrückt geworden.

Dann schaut Robin auf und zeigt bestürzt auf etwas, das sich hinter mir abspielen muss. Ich drehe mich um. Während mir der Mund offen stehen bleibt, fällt mir das Panino aus der Hand, der Mozzarella versinkt bereitwillig im Sand. Es dauert einen Moment, bis ich begreife, was ich sehe.

22.

Am Horizont ist eine haushohe Flutwelle aufgetaucht.

Der Damm, der den See halten müsste, hat eine Wasserwand entfesselt.

23.

Über uns fliegen die Vögel aus den Bäumen, am Hang schießen Kaninchen und Hirsche vorbei. Alles, was lebt, sucht das Weite. Ich beginne zu rennen, weiter nach oben, meine Füße eilen über die Steine wie über glühende Kohlen. Schon nach wenigen Schritten verliere ich meine Wasserschuhe. Der Sand, der sich von meinen Sohlen löst, fliegt Robin um die Ohren. Hierher!, rufe ich. Wahrscheinlich hört sie mich gar nicht mehr, das Rauschen ist zu einem ohrenbetäubenden Lärm geworden.

24.

Robin, ungefähr fünf Meter unterhalb von Ida, wird vom Wasser erfasst und stürzt. Hinter ihr: Bäume, Sträucher und die bereits erwähnten Kanus. Ungefähr zehn Meter weiter eine junge Familie, die versucht, ans Ufer zu gelangen. Ida schaut sie an. Schaut dann zu Robin.

IDA: Vor vierhundert Millionen Jahren kroch erstmals ein Tier an Land, und hier seid ihr, ihr kriecht an Land. Kommt zu mir, kommt zu mir und bleibt, bleib –

(Das hat sie noch nie zu jemandem gesagt.) Erde bröckelt, legt Wurzeln frei.

IDA: Vor vierhunderttausend Jahren kam der Mensch erstmals auf die Idee, seine Nahrung zu kochen, wodurch sein Darm weniger Energie verbrauchte und sein Gehirn wachsen konnte.

Robins großer, geliebter Kopf, der innerhalb von Millisekunden kleiner wird. Der Schaum verschluckt ihn, saugt sie auf.

IDA: Unser Gehirn wuchs und wuchs, und vor vierzehntausend Jahren schaffte sich ein Mensch erstmals einen Hund als Haustier an. Fünftausend Jahre später dann auch eine Katze.

Alles, was lebt, sucht schockwellenartig das Weite. Ida schaut sich um.

IDA: Über mir fliehen Fledermäuse und Eulen, unter mir Salamander und Wasserratten. Nur ich kann nirgendwohin.

Schließlich macht sich sogar das Licht rasend schnell aus dem Staub (so wie zwei Menschen, die sich eines Tages verlassen, wegen dem, was es heißt, zwei Menschen zu sein).

IDA: Viereinhalb Milliarden Jahre musste die Erde existieren, bis endlich jemandem auffiel, dass sie nicht im Mittelpunkt des Universums steht. Und dieser jemand wurde auch noch ausgelacht.

Zwei Erdplatten driften rasend schnell auseinander und bilden zwei Welten.

IDA: Am einen Ende der Welt geht man in Lumpen,
am anderen macht man Profit mit Waffen

rufend: Und vielleicht wird man einige von uns nackt auffinden
stöhnend: Und wahrscheinlich wird man andere gar nicht finden

Aber alles an mir wird neu sein, denke ich

Ich werde perfekt in die Zeit passen, wie in eine zweite Haut

Und perfekt in den Tod, wie in ein zweites Zuhause

Dann trifft ein Ast Idas Kopf, und sie verliert, endlich, könnte man sagen, das Bewusstsein.

ICH HASSE DAS WASSER, ICH LIEBE DAS WASSER

die vorstellung, dass es kein morgen gibt, nicht weil alles bald ein ende hat, sondern vielmehr, weil dieser eine moment für immer bleibt

angst davor, plötzlich zu begreifen, dass du ein großes geheimnis hast, von dem du bislang nichts wusstest

aus trägheit vertrauen: denn misstrauen hieße, etwas zu unternehmen

das gefühl, dass du mit jeder minute, die du nichts sagst, die eigene sprache verlernst: erst löst sich die grammatik auf, dann verflüchtigen sich adverbien und adjektive, danach sogar einzelne konsonanten wie ausfallende zähne und zum schluss auch ihr name

machbarkeits-illusion: du kannst dich für das leben entscheiden, das heißt aber noch lange nicht, dass du auch leben *wirst*

wie sprache funktioniert: jemand wurde noch nie mit einem messer oder sonst was gestochen und weiß trotzdem, was stechende schmerzen sind

der wunsch, dass sprache gellt und gongt, ein glockenspiel

aus stein sein - kein stein, der nichts spürt, sondern einer, der in der sonne warm wird

wenn das hier nicht real ist, warum lässt du dann zu, dass dich etwas nicht-reales dermaßen trifft?

ein mathematiker in einer welt ohne zahlen

zeit heilt, entfremdet aber auch

dämmerstille

menschenlärm

ZWEI LÜCKEN

du stichst in see, um die wogen zu glätten,
suchst eine sichere höhle, doch du
verminst das gebiet mit dynamit

du hüpfst als übersprungshandlung,
tauchst in tiefen, die sich als untief erweisen,
und kletterst auf den boden

du versteckst dich hinter sichtbarkeit,
wünschst dir statt wörtern lautgemälde
und taumelst, wenn du stolperst

Manchmal tut mir mein Doppelbett leid, weil ich in den letzten zehn Jahren höchstens hundertmal mit jemand anders darin geschlafen habe – und über dreitausendmal allein. Warum habe ich mir damals nur ein Doppelbett zugelegt? War es ein Versprechen an mich selbst – das Versprechen, dass ich demnächst allmorgendlich neben einem anderen Menschen aufwachen werde? Nachdem ich die schwere Doppelmatratze in meine zwölf Quadratmeter kleine Studentenbude geschleppt hatte, fühlte es sich jedenfalls an, als wäre eine grundlegende Veränderung eingetreten. Dabei hätte ich genauso gut eine Gästeluftmatratze kaufen können, erst zwei Umzüge später durfte das Doppelbett seinen Zweck endlich erfüllen.

Irgendwie muss ich in letzter Zeit, wenn ich morgens beim Anziehen die zerknitterten Sachen von dem Kleiderhaufen nehme, den ich abends auf dem Stuhl hinterlassen habe, und dabei auf mein ungemachtes Bett blicke, oft an meine ersten Tage als Doppelbettschläferin denken. Ich hatte hochfliegende, aber völlig unbestimmte Erwartungen. Ich hatte Ambitionen in Liebesdingen, aber keine Ahnung von Beziehungen, erst recht nicht von Langzeitbeziehungen, geschweige denn davon, dass sogar wechselseitige Verliebtheit irgendwann nachlässt.

In meinem Tagebuch aus dieser Zeit steht:

> *Ich liebe Möglichkeiten. Ein Gedanke, den ich damit rechtfertige, dass man Mut dazu braucht: lieben, was unsicher ist, sich alle Optionen offenhalten. Ich mag das Nichtwissen, die Grauzonen. Aber mehr als alles andere mag ich die Berge, und die sind weiß. Was nun? Nebenbei versuche ich, sechs Milliarden Menschen gleichzeitig zu beeindrucken.*

Während ich darüber nachdenke ob sich auch nur eine meiner Erwartungen erfüllt hat, fällt mir ein Satz aus Patricia de Martelaeres Essay *Um nichts zu sagen oder Des Kaisers neue Kleider* ein: *Unter jeder und jedem Liebsten liegt das leere Bett.* Das ist nicht nur ein schöner, sondern auch ein sehr trauriger Satz. Er drückt aus, dass das Bett, in dem man gemeinsam geschlafen hat, in dem Moment, in dem der geliebte Mensch nach Hause oder schlicht aufs Klo geht, sofort wieder das eigene leere Bett wird. Sogar die Liebe meines Lebens kann an diesem Umstand nicht rütteln. Und auch wenn es unser gemeinsames Bett ist, das in unserem gemeinsamen Schlafzimmer steht, in unserer gemeinsamen Wohnung, deren Miete wir uns teilen, gilt: Wir betrachten das Bett als den Ort schlechthin, an dem unser symbiotisches Liebesideal verwirklicht wird, doch bei Tagesanbruch gehen wir wieder getrennte Wege. Das heißt nicht, dass jede Liebe zum Scheitern verdammt wäre, zeigt aber den unüberbrückbaren Unterschied zwischen einem selbst und der zierlichen Schönen, die manchmal morgens einen Spuckefleck auf dem Kissenbezug hinterlässt. Wir hoffen, dass die Liebe zur Verschmelzung führt, und festzustellen, dass dieses Ideal unerreichbar bleibt, ist in der Tat traurig. Andererseits hat die Erkenntnis einer Unmöglichkeit auch etwas Beruhigendes. Sie macht das *Nichtvorhandensein* einer solchen Liebe wenigstens etwas erträglicher, weil sie die Ursache dieses Scheiterns außerhalb des Selbst verortet. *Ach*, sage ich, *unter jeder Liebsten das leere Bett*, und schlage energisch die Decke über die unbeschlafene Matratzenhälfte.

Schon Pessoa schrieb: *Niemand, vermute ich, gesteht einem anderen Menschen wirklich wahre Existenz zu. Er mag einräumen, dass dieser Mensch lebendig ist, dass er fühlt und denkt wie er, aber es wird da immer ein namenloses Etwas des Unterschieds (...) bestehen.*

Und dennoch versuchen wir immer, dem Kind einen Namen zu geben, die Diskrepanz zu benennen, sie *artikulierbar* zu machen. Die meiste Liebesliteratur handelt davon, wie der geliebte Mensch uns ständig entgleitet. (Anne Carson:

Wer ist das Thema der meisten Liebesgedichte? Nicht der oder die Geliebte. Es ist die Leerstelle.) Doch die Sprache, mit der man sich an den geliebten Menschen richtet, um den Abstand zu überwinden, ist ebenso willkürlich wie der oder die Geliebte selbst. Nicht umsonst steht Patricia de Martelaeres Satz, *Unter jeder und jedem Liebsten liegt das leere Bett,* mitten in einer Abhandlung über dic Sprache. De Martelaere vergleicht Schreibende mit Liebenden, denn ebenso wie die verzweifelte Schreibende um treffende Worte für Dinge ringt, die sich nicht in Worte fassen lassen, aus dem einfachen Grund, dass Worte Worte und Dinge Dinge sind, spürt die verzweifelte Liebende: *Hier könnte genauso gut jemand anders liegen.* Wer über die Kluft zwischen sich und dem geliebten Menschen nachdenkt, dem kommt das Gefühl der Notwendigkeit abhanden, das mit inniger Liebe einhergeht.

In der Sprache wie in der Liebe haben wir es also mit einem Missverhältnis, einer unüberbrückbaren Lücke zu tun: der zwischen Sprache und Wirklichkeit und der zwischen Liebenden und Geliebten. Doch es gibt noch mehr Gemeinsamkeiten. Nicht nur klafft bei beiden eine Lücke im Herzen ihrer Existenz, sondern beide existieren ausschließlich *dank* dieser Lücke. Für die Liebe gilt, dass es ohne Diskrepanz keine Sehnsucht gäbe, und Sehnsucht ist wiederum eine Existenzbedingung für Liebe; sie ist ihre häufigste Erscheinungsform, ganz egal, ob es nun um das körperliche Verlangen einer ersten Begegnung geht oder um die Tatsache, dass man sich auch nach fünfunddreißig Ehejahren noch danach sehnt, dass die Partnerin von der Arbeit nach Hause kommt. Würden wir mit der geliebten Person wirklich verschmelzen, würde das jede Beziehung zu ihr unmöglich machen. Der Konflikt, die Kluft zwischen Liebenden hat eine klare Funktion: Sie sorgt dafür, dass die Liebe nicht endet, indem sie sie aufschiebt.

Stünde wiederum die Sprache nicht länger außerhalb der physischen Wirklichkeit, sondern fiele mit ihr zusammen, wäre auch sie undenkbar, denn auch sie kann nur in Beziehung zu etwas existieren. Man spricht oder schreibt stets *über* etwas, und dieses *über* setzt eine Außenperspektive voraus. Außerdem gilt: Die Wörter, die wir wählen, um die Welt um uns herum zu beschreiben, stehen in keinem notwendigen Zusammenhang mit den Dingen, die sie beschreiben sollen. Daher ist die treibende Kraft hinter der Sprache wie auch hinter der Liebe die Lücke.

Die Lücke der Liebe wird durch die Lücke der Sprache sogar noch vergrößert: Auch unsere Liebsten machen sich die Tatsache dankbar zunutze, dass zwischen Sprache und Wirklichkeit stets ein Unterschied besteht, ein Unterschied, der sie in die Lage versetzt, sich unsere Worte anzueignen und nach Belieben zu verdrehen. Wer schon mal verliebt war, weiß, dass die Gefahr von Missverständnissen in der Liebe viel größer ist als in anderen zwischenmenschlichen Beziehungen. Es steht so viel auf dem Spiel, dass wir dazu neigen, zu viel in die Worte des anderen hineinzuinterpretieren, fast schon eine neue Wirklichkeit hineinzulesen, sodass die Worte bald ein Eigenleben führen. Beim Bäcker oder Metzger können wir davon ausgehen, beim Wort genommen zu werden – ein Pfund Hack ist ein Pfund Hack –, doch Liebende neigen dazu, alles zu ihrem Vorteil auszulegen (oder zu ihrem Nachteil, und dann über Umwege doch wieder zu ihrem Vorteil, so ist das nun mal, wenn Paare sich streiten). Und warum? Weil es die einzige Möglichkeit ist, das Risiko der Selbstaufgabe, das mit Liebe einhergeht, erträglich zu machen.

Hinzu kommt, dass wir auch unsere eigenen Worte ständig verdrehen: Nur allzu oft deuten wir eine Aussage, mit der wir den anderen verletzt haben, im Nachhinein so um, dass wir möglichst gut dabei wegkommen. Fazit: Einmal gesagt, sind Worte Interpretationen wehrlos ausgeliefert. Sie schweben frei im Raum, wir müssen nur noch zugreifen.

Auf jeden Fall schmücken sich Sprache und Liebe gern miteinander. Die Sprache nimmt sich immer wieder die Liebe zum Thema, so wie sich verzweifelte Liebende als letzte Rettung der Sprache bedienen. In diesem Anfangsvers eines Gedichts von Eugenio Montale kommt dieses Wechselverhältnis besonders schön zum Ausdruck:

> *Frag uns nicht nach dem Wort, das allseits begrenze*
> *die formlose Seele uns, sie beschrifte mit feurigen Lettern …*

Gefühle sind formlos, also darf man sich nicht einbilden, sie mit Worten eingrenzen zu können. Wer es trotzdem tut, bleibt in Klischees stecken – Sprache in Einheitsgröße, die in Wirklichkeit niemandem passt. Im besten Fall kann man eine Flickendecke drüberwerfen, ein Sprachnetz aufspannen in der Hoffnung, dass ein paar Gefühle darin hängen bleiben.

Oft bringen wir Sehnsucht mit Entbehrung in Verbindung, mit Leere. Ich sehne mich nach jemandem, der oder die nicht da ist. Wäre die Person da, würde sie die Leere in mir füllen. Aber entspringt dieses Gefühl wirklich einer inneren Leere? Die amerikanische Schriftstellerin und Filmemacherin Chris Kraus schreibt, dem Begehren liege kein Mangel, sondern ein Überschuss, ein Zuviel an Energie zugrunde. Kraus betrachtet Begehren als Klaustrophobie im eigenen Körper. Als ich das zum ersten Mal las, musste ich an mein vierzehnjähriges Ich denken, das haufenweise Bücher ins Jugendzimmer schleppte, verzweifelt auf der Suche nach etwas, mit dem es sich ablenken konnte, nach einem Mittel gegen die Einsamkeit, und an mein ein paar Jahre älteres Ich, das sich erwartungsvoll und lebenshungrig ein Doppelbett ins Zimmer stellte. In beiden Fällen fühlte es sich an, als hätte ich zu viel in mir, nicht zu wenig.

Das passt auch zur sprachlichen Erfahrung von Sehnsucht: Wir sagen, wir sind von Sehnsucht erfüllt oder wir platzen vor Verlangen – entstünde dieses Gefühl aus einer Leere heraus, müssten wir dann nicht eher implodieren? Ist ein Mangel die Ursache von Sehnsucht, dann ist der Körper eine leere Hülle, die durch das Begehrte ausgefüllt werden muss; im Falle von Sehnsucht aus einem Überschuss heraus platzt man aus allen Nähten. Der Mangel, den wir mit Sehnsucht assoziieren, ist daher außerhalb von uns zu verorten (in Form der Lücke der Liebe, verstärkt durch die Lücke der Sprache). In uns fehlt nichts.

Aber handelt es sich wirklich um einen Mangel? Wer hat eigentlich behauptet, dass der Raum zwischen Liebenden der Liebe im Weg steht? Oder dass dieser Raum leer ist? Herrschte dort ein Vakuum, stünde der Verschmelzung aus praktischer Sicht nichts entgegen. Wie also sieht die Lücke aus? Ist sie ein Krater? Und wenn sich etwas darin befindet, was ist es?

Ich glaube, dass die Lücke zwischen Liebenden nicht leer ist und dass ihr Effekt durch die Lücke zwischen Sprache und Welt noch verstärkt wird, *weil Letztere Erstere miteinschließt.* Stellen wir uns die beiden Lücken als Kreise vor, die zusammen ein Mengendiagramm bilden, dann wäre die Lücke der Liebe vollständig in der viel größeren, alles umfassenden Lücke der Sprache enthalten. Die Kluft zwischen Liebenden entsteht dadurch, dass sie ihre Gefühle füreinander, ihre *wahren* Gefühle, nie eins zu eins ausdrücken können. Sie zeigt sich am deutlichsten in der Art und Weise, wie er oder sie das, was wir sagen, interpretiert, besonders aber in dem, was wir gern sagen *möchten*, was wir noch hätten sagen *wollen* oder *sollen*, in all den Worten, die unausgesprochen bleiben und dennoch Einfluss darauf haben, wie wir uns dem anderen gegenüber verhalten, Worte, von denen der andere nie etwas erfahren wird – und zeigt sich zugleich in der Gewissheit, dass Worte ohnehin immer unzulänglich sind. Einerseits würden Liebende von einer Sprache profitieren, die wenig Interpretationsspielraum zulässt (wären doch nur alle Wörter lautmalerisch!), andererseits würde eine solche Sprache die Sehnsucht zwischen Liebenden unmöglich machen. Ganz abgesehen davon, dass eine solche Sprache undenkbar ist.

Doch gerade deshalb fühlen wir uns dem geliebten Menschen in jenen Momenten am stärksten verbunden, in denen wir keine Worte brauchen. Beim Sex zum Beispiel oder kurz nach dem Sex, wenn wir ineinander verschlungen im Doppelbett liegen und Sprache überflüssig ist – kleiner kann die Lücke nicht werden. Gelungene Liebe ist stille

Liebe. Doch früher oder später müssen wir wieder miteinander reden, die Lücke aufreißen lassen, denn ohne Lücke keine Sehnsucht, und so weiter. Die Lücken entstehen aus einer Unzulänglichkeit heraus, doch genau diese Unzulänglichkeit sorgt dafür, dass wir einander länger als eine Stunde lieben können. So wird in der Liebe immer wieder aufs Neue die Lücke gestopft, die sie selbst erst erschafft, um von Dauer sein zu können.

Wahrscheinlich lassen sich Sprache und Liebe ebenso gut mit ganz anderen Metaphern beschreiben. Mit einem Berg, einem Buch, einem Spiel. Trotzdem denke ich gern über die zwei Lücken nach, wenn ich mich abends ausziehe, meine Sachen nach und nach auf den Kleiderstuhl lege, mich allein unter meine Doppelbettdecke kuschle und zufrieden feststelle: Diese Lücke ist fürs Erste eine sichere Höhle. In mir fehlt nichts.

WO DU AUCH HINGEHST, DU FÜHLST DICH STÄRKER

Du träumst von Atomexplosionen. Ab und zu
explodierst du vor Verlangen. Jemand sagt:
Kampf. Du verstehst: Verlust. Kannst du denn

in den Boxring steigen und ihn als Siegerin
verlassen? Genickbruch, sie halten
deine zitternde Hand hoch. So verzweifelt
hast du noch nie matschige
Sandburgen gegen die Flut errichtet.

Jemand sagt: Segel setzen.
Du übersetzt: ersaufen. Werft Sprachbojen
aus statt Segel, *rettet unsere Seelen*
mit Nautik-Metaphern.

Und jeden Tag bist du bei jedem Tag, läufst einfach rum
mit einem Eimer, und das Wasser schwappt
im Takt mit deinem wallenden Herzen. Der Takt

des Wassers, das überschwappt
im Glas, im Trog, mühelos sickert es
unter einer Tür durch ins Nebenzimmer,

wo du auch sitzt. Auf einem Stuhl, der jedes Mal umfällt,
wenn du dich davon erhebst. Was soll's. Wo du ein Buch liest,
ganz zufrieden eigentlich. Und kannst du denn

die Menschen, die Land sehen, ignorieren? Nein,
das kannst du nicht mehr. Jemand sagt: still, Land.
Und du, die du es diesmal einfach sehen willst,

bereitstehst und den Passagieren auf den Steg
hilfst, eine Tasche entgegennimmst, schon längst
vergessen hast, dass du mal eine von ihnen warst.

Du darfst heute die Zimmer zuteilen.
Uns nach dem Frühstück in die Sonne rufen.
Pläne für den Nachmittag schmieden.

Vielleicht können wir uns ja ins Kanu setzen
und warten, bis sich der Fluss alles holt.

QUELLEN

Carson, Anne: *Der bittersüße Eros*. Wien: Turia + Kant 2020, in der Übersetzung von Christina Dongowski.

Creeley, Robert: »Ganz ohne Grund« (»For No Clear Reason«), in: *Selected Poems of Robert Creeley*. Berkeley: University of California Press 1991, hier in der Übersetzung von Stefanie Ochel und Mirko Bonné.

De Martelaere, Patricia: »Om niets te zeggen, of De nieuwe kleren van de keizer«, in: *Een verlangen naar ontroostbaarheid*. Amsterdam: Meulenhoff 1993.

Descartes, René: *Meditationen über die Erste Philosophie*. Stuttgart: Reclam 2020, in der Übersetzung von Andreas Schmidt.

Duras, Marguerite: *Die Krankheit Tod*. Berlin: Fischer 1985, in der Übersetzung von Peter Handke.

Handke, Peter: *Versuch über den geglückten Tag*. Berlin: Suhrkamp 1991.

Harari, Yuval Noah: *Eine kurze Geschichte der Menschheit*. München: Pantheon 2015, in der Übersetzung von Jürgen Neubauer.

Kant, Immanuel: *Kritik der reinen Vernunft*. Stuttgart: Reclam 1986.

Kierkegaard, Søren: *Die Krankheit zum Tode*. Stuttgart: Reclam 1997, in der Übersetzung von Hermann Gottsched und Christoph Schrempf.

Klein, Naomi: *Die Entscheidung. Kapitalismus vs. Klima*. Frankfurt am Main: Fischer 2015, in der Übersetzung von Gabriele Gockel. © S. Fischer Verlag GmbH, Frankfurt am Main 2015.

Leopardi, Giacomo: *Opuscula Moralia. Oder vom Lernen über unsere Leiden zu lachen*. Berlin: Die andere Bibliothek 2017, Band 389, in der Übersetzung von Burkhart Kroeber. © Aufbau Verlage GmbH & Co. KG, Berlin 2017.

Leopardi, Giacomo: *Zibaldone*. Amsterdam: Athenaeum–Polak & Van Gennep 2001, in der Übersetzung von Frans van Dooren, hier in der Übersetzung aus dem Niederländischen von Christiane Burkhardt.

McGlynn, Karyna: »Erin with the Feathered Hair«, in: *I have to Go Back to 1994 and Kill a Girl*. Louisville: Sarabande Books 2009, hier in der Übersetzung von Christiane Burkhardt.

Meillassoux, Quentin: *Nach der Endlichkeit*. Zürich: Diaphanes 2018, in der Übersetzung von Roland Frommel.

Mitchell, Joni: CBC-Interview mit Jian Ghomeshi, 2013, https://www.youtube.com/watch?v=pEJuiZN3jI8.

Montale, Eugenio: »Frag uns nicht nach dem Wort«, in: *Wer Licht abgibt, setzt sich dem Dunkel aus*. Waldbrunn: Heiderhoff 1982, in der Übersetzung von Hans Hinterhäuser.

Morton, Timothy: *Hyperobjects: Philosophy and Ecology after the End of the World*. Minneapolis: University of Minnesota Press 2013.

Pascal, Blaise: *Gedanken*. Stuttgart: Reclam 1997, in der Übersetzung von Ulrich Kunzmann.

Pessoa, Fernando: *Das Buch der Unruhe*. Berlin: Fischer 2006, in der Übersetzung von Inés Koebel.

Pirandello, Luigi: *Einer, keiner, hunderttausend*. Mindelheim: Sachon 1986, in der Übersetzung von Piero Rismondo.

Rhys, Jean: *Irrfahrt im Dunkel*. Berlin: Berliner Taschenbuch Verlag 2002, in der Übersetzung von Simon Werle.

Rich, Adrienne: »Women: Sex and Sexuality«, in: *Signs*, Band 5, Nr. 4, 1980.

Rosengarten, Frank: *Giacomo Leopardi's Search for a Common Life through Poetry: A Different Nobility, a Different Love*. Vancouver: Fairleigh Dickinson University Press 2012.

Weisman, Alan: *Die Welt ohne uns*. München: Piper 2009, in der Übersetzung von Hainer Kober.

Die Redner:innen auf der Klimakonferenz auf Seite 135–140 paraphrasieren zum Teil Passagen aus Naomi Kleins *Die Entscheidung* sowie Timothy Mortons *Hyperobjects*.

Einige Essays und Gedichte sind bereits in dieser oder anderer Form in verschiedenen Literaturzeitschriften und/oder online erschienen.

Mein Dank gilt Jelte, Anne, Arthur, Evi, Hanna, Linde, Olga, Reowin und meinen Eltern.

www.klett-cotta.de